전 빨간 마후라 부대장의 실제 이야기

아, 그리운 하늘이여!

전 빨간 마후라 부대장의 실제 이야기

아, 그리운 하늘이여!

초판 1쇄 인쇄 2014년 10월 08일
초판 1쇄 발행 2014년 10월 15일

지은이 최 수 길
펴낸이 손 형 국
펴낸곳 (주)북랩
편집인 선일영 편집 이소현, 김아름, 이탄석
디자인 이현수, 신혜림, 김루리, 추윤정 제작 박기성, 황동현, 구성우
마케팅 김회란, 이희정
출판등록 2004. 12. 1(제2012-000051호)
주소 서울시 금천구 가산디지털 1로 168, 우림라이온스밸리 B동 B113, 114호
홈페이지 www.book.co.kr
전화번호 (02)2026-5777 팩스 (02)2026-5747

ISBN 979-11-5585-365-8 03810(종이책) 979-11-5585-366-5 05810(전자책)

이 도서의 국립중앙도서관 출판예정도서목록(CIP)은 서지정보유통지원시스템 홈페이지(http://seoji.nl.go.kr)와 국가자료공동목록시스템(http://www.nl.go.kr/kolisnet)에서 이용하실 수 있습니다.
(CIP제어번호 : 2014028903)

아, 그리운 하늘이여!

전 빨간 마후라 부대장의 실제 이야기

최수길 지음

전투기 조종사는 대한민국 청년이라면 한번쯤 꿈꿔 봤을 로망이
아닐 수 없다. 하지만 꿈에 그칠 뿐 실제 파일럿이 되기란 낙타가 바늘구멍
통과하기보다도 어렵다.

북랩 book Lab

책머리에

앞마당에서 줄리엣 할머니의 고함소리가 들려온다.

"영감탱이! 책은 무슨 놈의 책, 내려와서 잔디밭에

풀이나 좀 뽑으셔!"

빨간 마후라 목에 두르고, 산하를 굽어보며

힘 있게 살아온 젊은 날들,

스무 살 팔팔했던 그 날의 총각파티에서 로미오와 줄리엣으로

만난 지 40여 년이 다 되었네, 벌써!

순진하고 순종하던 일곱 살 아래의 그 줄리엣은 어디로 가고

반백에 두리뭉실한 잔소리쟁이 줄리엣 할머니만 곁에 있을 뿐이네.

어릴 적, 동네 뒷산에서 소에게 풀을 먹이고 있을 때,

프로펠라 소리에 놀라 쳐다본 저만치 하늘엔,

은빛 동체를 반짝이며 한 마리 새처럼 멋진 묘기를 보이고 있었다.

저 비행기엔 누가 타고 있을까?

하늘을 날면 얼마나 신이 날까!

주말이면 요란한 오토바이들이 동네를 지나간다.

앞에는 가죽잠바 위에 빨간 마후라를 목에 두르고,

뒤에는 짙은 썬글라스를 낀 멋진 미녀가

스카프를 휘날리며 꼭 부둥켜안고서….

어찌, 어린 가슴에 깊이깊이 새겨지지 않았겠나!

2014. 10 최 수 길

목차

아, 그리운 하늘이여!

서울 상공을 누비다

“다음은 공중분열이 있겠습니다. 내외 귀빈 여러분! 다 같이 좌측 상공을 봐 주십시오!!”

– 1984년 10월 1일 11시 30분 25초 -

여의도에 마련된 건군 제36회 국군의 날 축하행사를 중계하는
장내 아나운서의 흥분된 목소리가 확성기로 흘러나온 순간.

초당 257m의 고속으로 비행하고 있는 최신예 초음속 전투기인 5대의 제공호 편대, 즉 선도 편대(PATH FINDER)가 우렁찬 폭음과 오색연막을 뒤로하고 국회의사당 상공을 급상승하더니만, 이내 부채를 펼치듯 절도 있는 동작으로 벌리는가!

어느새 연막만 남겨놓고 창공으로 사라져 버린다.

"PATH FINDER very good!!"

서울시민들의 함성과 박수갈채가 들리기라도 하는 듯
지상 통제관의 짧은 칭찬에, 안도의 한숨이 절로 나왔다.
"휴~! 드디어 끝났구나."

"야! 잘했다는 거지? 응?"

후방석의 D 중위에게 새삼스러이 물어봤다.

"Very Good이랍니다. 축하드립니다. 편대장님!"

불과 10여 초가 될까 말까 한 짧은 순간을 위해서 우리 편대원들은 호흡마저도 일치시키는 강도 높은 훈련을 하지 않았던가.

– 연막을 동시에 터뜨리고, 끄고, 똑같은 순간에 같은 힘으로 조

종간을 당겨 일정한 상승각을 유지해야 하는 기인 동체의 훈련을….

장내 아나운서가 "좌측 상공을 보십시오!" 했을 때, 수많은 시선이 좌측 상공으로 집중될 수밖에, 곧바로 나타나야 할 선도 편대가 몇 초 후에라도 나타난다면, 반대로 안내 방송이 채 끝나기도 전에 "쌩!" 하고 지나가 버린다면 이 무슨 싱거운 해프닝이겠는가!

그래서 목표 상공의 정확한 시간(T.O.T)이 요구되는 것이다.

이러한 시간을 정확히 지키기 위해, 총 군장기(전 참가 항공기를 지휘)는 지상 통제관과의 긴밀한 조언을 참고하며 속도나 경로를 조절하면서 비행을 해야만 한다.

가령, 대통령의 행사장 도착시간이 예정 시간보다 빨랐을 때, 혹은 늦었을 때, 연설 도중 물을 드셨다면… 등등 시간 변동에 대한 T.O.T는 몇 초 또는 몇십 초가 수정되어야만 위와 같은 어이없는 해프닝을 예방할 수 있기 때문이다.

"초"를 다투는 긴장감이 흐르는 순간을 정확하게 조절할 수 있어야만 하는 것이다. 정확한 시각에 정확한 목표를 공격해야만 하는 공군 전투력의 운용 목적을 성공적으로 달성해야만 하듯이!

– 모두들 잔뜩 기대 섞인 눈으로 좌측 상공을 보고 있는데 5대 중, 3대만 연막이 터진다든지, 또는 연막이 일정하지 못하다든지, 급상승 시 손가락을 펼 때처럼 일정한 면이 아니고 층이 생긴다든지 한다면 볼썽사납지 않겠는가! "저게 뭐야!"라고 하겠지….

"쇼"는 완벽해야만 한다. 그래야만 관중들이 박수를 보내는 것이다. 더욱이 대통령을 비롯한 국내외의 귀빈들, 행사장에 초청받은 수많은 국민들과 여의도 상공을 주시하는 시민들에게 완벽한 모습과 절도 있는 멋을 보여줘야만 하는 쇼라면 더더욱 긴장하지 않을 수 없는 것이다.

남산타워를 보는 것도 잠시, 편대는 일렬종대로 비행장 상공을 향해 착륙을 위한 준비에 집중해야만 했다. 자칫 긴장 뒤에 오는 해이함을 떨쳐버리도록 마지막까지 주의할 것을 잊지 않았다.

"편대원은 착륙에 신경 쓰도록!!"

투! 쓰리! 포! 파이브!

2·3·4·5번기의 믿음직스럽고 박력 넘치는 응답이 리시버를 통해 들려 왔다.

우리는 착륙을 하고 다들 모여 하이파이브로 밋션 임파시블!(임무성공)을 자축하자, TV 생중계를 지켜본 정비사들이 멋있었다며 한 사람씩 헹가래로 비행기를 태운다.

시원한 물이라도 한잔 마실까 하고 물을 넘기다 말고, 기겁을 하고 말았다.

"아, 따가워…!"

작은 비명을 지르고 말았다.

너무 긴장하면 목이 탈 수 있다고 담당 군의관이 일러 준다.

나만 긴장했나 봐….

며칠 뒤 국군의 날 행사 참가 장병을 위한 격려 만찬이, 제병지휘관주관으로 서울에서 있었다.

총 군장기 편대 와 선도 편대가 특별히 초대됐음은 물론이다.

넓은 만찬장에는 각 테이블마다 육, 해, 공, 해병대 장병을 고루 안배하여 자리가 마련되어 있었다.

– 원래, 잘 모르는 사람하고 밥 먹을 때가 어색하던데….

암튼, 연예인도 몇 명 오고 해서 분위기를 띄웠지만, 맹숭맹숭하긴 마찬가지였다. 저만치 헤드테이블에 자리 잡은 단장님과 시선이 마주쳤다. 넌 어떠냐고 물으시는 것 같아, 엄지손가락을 높이 들었다가 곧바로 거꾸로 내렸더니, 고개를 끄덕거리신다.

– 원래, 인원이 너무 많으면 시끄럽기만 하기 마련인 법.

그~럭 저~럭 만찬은 끝나고, 올 때와 마찬가지로 두 대의 승용차로 귀대 중이었다. 1호차에 동승한 동기에게 시내에서 한잔 더 하자고 단장님께 여쭈라고 말은 해 놨지만 글쎄….

저녁은 먹었겠다.

술도 몇 잔 들어갔으니 슬슬 발동이 걸릴 수밖에,

행사 연습한다고 한 달 이상 금주를 했으니, 더군다나 우리 편대는 행사를 무사히 마치면 내가 한턱 쏘기로 약속을 해 놓은 상태인지라 어디가 좋을지 편대원 간에 장소문제로만 설왕설래다.

편대원들이 우리끼리만 옆길로 새자고 하기에, 저 양반도 모시자고 했더니만 잘못 하다간 분위기만 망친다고 반대가 심하더라고.

– 그래도 우리의 지휘관이시다. 원래 지휘관은 외롭다고 하지 않던가, 편대원들의 반대에도 나는 걱정하지들 말라면서 모시기로 했다.

원래 좀 근엄하기로 소문이 나 있었지만 알고 보면 다정다감하신 분이란 걸 알기 때문이다. 한번은 부대 내 사우나에 혼자 계시기에 내가 들어갔더니만 "너는 내가 무섭지 않느냐?" 하고 물으시기에 내가 계급장도 없는 알몸인데 뭐가 무섭냐니까 "그래 맞아! 너는 역시 겁 없는 놈이군." 우린 둘이서 저쪽 탕에서 보든 말든 큰소리로 파이팅(!)을 하며 하이파이브를 외친 적이 있었다.

에라, 모르겠다!

운전병에게 저 앞쪽에서 비상등을 켜고, 1호차를 앞으로 가로질러 세우게 했다. 앞차가 놀라서 끼~익! 하고 급정거를 하더니, 창문을 여시고는 호통이시다. "무슨 짓이야!" "필승!"

내가 도리어 1호차 운전병에게 고함을 질렀다.

"야! 우리 차 빨리 따라와!"

물 좋은 단골집에 도착했다.

나는 얼른 가서 들어가시자고 말씀드렸더니, 정복 차림이 좀 거북하셨나 보다. 계급장 없는 잠바로 정복을 가려드리고 안으로 들어갔다.

경제사정이 좋아졌다더니, 이미 술집 안은 방마다 만원이다.

마담이 한동안 안 오셔서 섭섭했다느니, 그 새 다른 곳으로 단골을 바꾸셨냐(?)느니, 단장님 앞에서 못하는 소리가 없다. 더 이상 마담의 수다를 듣다가는 나의 평소 생활이 들통 날 것 같아서

"마담, 잔말 말고 큰방 하나 빼라고!"

"죄송한데, 지금 방들이 꽉 차서…."

"야! 사장 오라고 해!"

– 그땐 그 정도면 다 통하더라고….

부랴부랴 사장이 오고, 큰방에서 노시던 분들에게서 잘 놀다 가시라며 즐거운(?) 양보까지 받으면서….

자리가 마련되고 술과 안주가 들어오고, 우리끼리의 국군의 날 기념 파티는 막이 올랐다.

"단장님! 이왕 이렇게 된 거, 내일 비행도 없고 하니, 웃통 좀 벗고 마시지요. 어린 것들(?)이 좀 거북한가 봅니다."

우린 그때부터 계급장 떼고 놀았다.

맨몸으로(웃통만) 마시고, 춤추고, 노래하며 한 달여의 스트레스를 날려버리고 있었다.

이윽고 빨간 마후라 용춤이 시작되자, 각 방마다 휘젓고 돌고 도는데, 민간인들도 웃통들을 죄다 벗어던진, 웃통 벗은 민·군 합동 용춤 돌기로 술집 안은 그야말로 웃음바다가 되고 말았다.

단장님이 시계를 보시더니 "벌써 이렇게 됐나, 자~! 2차는 1호 공관으로!" 하신다. 우린 주섬주섬 웃옷을 입고는 뒤를 따랐다.

공관에 도착해서, 거실의 밝은 불빛에 보니 머리가 긴 두 친구가 보였다. 그놈의 용춤에 두 민간인이 섞여온 모양이다. 얼마나 웃었는지… 그 친구들도 놀라는 모양이다.

그제서야 정신들이 들었는지 도망치듯 갈려는 것을 들어올 때는 제 발로 왔지만 나갈 때는 맘대로 못 간다며 폭탄주 세례를 퍼부었다.

꿈을 안고 성무대星武臺를 들어서다

– 1968년 2월 5일(월)

한 무리의 젊은 청춘들이 보라매의 큰 꿈을 안고, 전국에서 모여들고 있었다.(지금의 보라매공원)

저만치 야트막한 언덕 위엔 창공을 향한 열망이라도 표현하는 듯, 성무대탑이 빛나고, 곧게 뻗은 길 양쪽엔, 멋진 사관생도복장을 차려입은 선배(?)들이 지금 막 정렬을 마친 모양이다.

이윽고, 쿵! 쿵! 둥! 둥! 북소리가 들리는가 하더니, 군악대는 빨간 마후라를 연주하며 우리를 향해 가까이 다가오고 있었다.

삼삼오오, 옹기종기 모여 있던 우리는 경쾌한 행진곡을 뒤따라 성무대 안으로 마법처럼 빨려 들어가고….

"배우고 익혀서 몸과 마음을 조국과 하늘에 바친다."

저만치, 공사교훈이 시선을 사로잡았다.

가슴이 뭉클하고, 콧등이 시큰했다. 나만 그런 게 아니더라고….

마치 독립투사 훈련이라도 받으러 온 기분이다. 무한한 자부심과 긍지가 온몸을 전율시키기에 충분했다.

여기서 잠시, 1968년도 대한민국에서는 어떤 일이 벌어지고 있었는지를 알아야 한다.

꼭! 반드시!

- 1968. 1. 21: (121사태) 청와대 습격 미수 사건 발생.

◎ 북괴군 제124군 부대 소속 무장공비 31명, 남파 침투.

– 청와대 폭파 및 대통령 암살!

– 주한 미 대사관 폭파, 대사관원 살해!

– 육군본부폭파, 고급지휘관 살해!

– 서울교도소 폭파!

– 서빙고 간첩수용소 폭파 후 대동월북! (이 무장공비들의 남파목적임.)

- 1968. 1. 23: 미 해군 정보함 "푸에블로호" 동해 상에서 피랍.

미 의회, 즉각 전쟁 선포로 강경승인.

- 1968. 4. 30: 향토 예비군 창설.

- 1968. 10. 30~11. 2: 울진, 삼척 지역 무장공비 120명 침투 사건.

(양민 23명 학살)

이때 우리의 반공 소년이 "나는 공산당이 싫어요!" 하고 외쳤다고, 저들에게 입을 찢어 죽임을 당했으니….

– 이러한 만행을 했음에도, 저들을 추종하는 종북을 한단 말인가!!

그야말로, 한국전쟁(1950. 6. 25~1953. 7. 27) 이후 최악의 군사적 위기를 초래하는 사건들이 같은 해에 수차례나 발생했으니, 어찌 전 국민이 분노에 치를 떨지 않았겠는가!

이에, 정부는 저들의 124군 부대에 대적할 육군 제3사관학교를 같은 해 10월 5일에 창설하게 된다.

가입고假入校 생활/사관학교 생활

대외적 분위기가 이렇게 엄중한데, 우리들 가입교 훈련이 어찌 평탄하길 바랄 수 있단 말인가!

긴 머리는 바리깡에 사정없이 난도질당하고, 알록달록 청춘들의 자유복은 어느새 국방색 복장으로 통일되고, 신발은 투박하고 까만 전투화로 갈아 신고는 서로를 쳐다보며 어색한 거수경례 연습을 하느라 깔깔대고 있었다.

가입교 기간을 포함하여 1학년 생도를 "메추리"라고 부르고, 대답해야 한다.

"메추리"라고… 웃을 수밖에….

"조용! 조용히들 못해! 이 메추리들아!"

"○○○ 메추리, 앞으로 1년간을 불러야 할 너희들의 이름이다! 알겠나! 큰소리로 복창! 실시!"

"네! ○○○ 메추리!"

이렇게 잘 날지도 못한다는 새, 메추리 한 마리로 변해야 했으니…

어쩌겠는가. 내가 원했던 길인데, 이 길이 꿈을 이루는 길인 걸.

뛰고, 구르고, 얼음 깨고 들어가고, 철조망도 통과하고, 총도 쏘고, 완전무장으로 돌격 앞으로….

"메추리들! 똑바로 못해! 그것밖에 못해! 안 되겠다. 저 언덕 위에 있는 도서관까지 선착순이다. 실시!"

선착순? 그 참 사람 헷갈리게 하더구먼. 열심히 뛰어 앞에서 몇 번째라 좋아했더니 앞에서 20등까지 럭비 골대 한 바퀴 돌고 오란다. 여기서, 출신 성분이 나타나더라고, 시골학교는 어디 럭비 골대가 있어야 알지, 반은 축구 골대를 돌고 왔으니, 다시 갔다 올 수밖에. 차라리 서울 친구들 뒤라도 쫓아갔으면 덜 억울할 것을, 그래서 재수 옴 붙은 동기생은 세 번이나 갔다 왔지롱!

– 첫 번째 도서관, 두 번째 축구 골대, 세 번째 럭비 골대.

강자強者존이라고 했던가! 강한 친구들만 살아남기 마련이다. 간혹 훈련을 견디지 못하고 들어왔던 복장 그대로 고개를 숙인 채 정문 쪽으로 힘없이 나가는 친구들을 볼 때, 패잔병 같이 느껴지는 것은 나름대로의 자신이 붙었다는 의미일까!

그 당시 교내건물은 내무반(생활동) 학과장 할 것 없이 하얀색 2층 건물이었다. 내가 속한 내무반은 뒷 건물 2층이었다.

특히 겨울엔 춥다고 해서 선배들이 시베리아 편대라 불렀다. 안 그래도 허허지 벌판인데, 관악산을 넘어온 찬바람이 몽땅 우리 내무반으로 불어오는 것 같기도….

시베리아 편대 중에서 마지막 내무반, 줄여서 말(마지막)내무반이다. 8명씩 한방을 사용했는데, 내무반 편성을 어떤 기준으로 했는지, 재수생이 한 명이고 일곱은 삼수생이다. 그래서 우리 내무반엔 가끔씩 3학년 선배가 1학년인 고교친구를 찾아오기도 하는 진풍경도 있었다.

덕분에 호시탐탐 노리는 2학년으로부터 많은 방패막이가 될 수밖에… 그래서인지 못된 잔꾀란 잔꾀는 시베리아 말내무반에서 늘 나오고는 했다.

한번은 1학년 전체가 단체기합을 받게 되어, 완전무장 집총자세로 연병장 구보를 하게 되었다. 누군가 방독면 알맹이를 빼고 나가자고 했다. 분명히 나는 아니니까 오해 없으시도록….

연병장을 몇 바퀴 돌다보니 M-1 총 무게로 손꿈치가 몸쪽으로 내려와 방독면케이스를 납작하게 만들 수밖에….

눈매가 날카로우신 2학년 선배가 보니 문제의 말내무반 놈들만 방독면이 이상하게 보인 것이다.

옳거니, 너희들 잘 걸렸다! 구보가 끝나자 "양팔간격 벌려" 대형으로 벌린 상태에서 "깨 스!"(GAS) 즉, - 화생방 상황 발생 때를 가정해서 방독면을 즉시 착용하란다.

우린 써야 할 방독면이 없을 수밖에…. 이럴 때 받는 기합은 뭐라고 불평을 할 수가 없는 것이다. 기합을 주는 쪽도 정정당당하시겠지만… 그렇지 않아도 3학년 선배들의 엄호 때문에, 기회만 엿봤었는데….

직각과 직선이 요구되는 게 사관학교의 규율이다. 직각보행은 그렇다 치고, 직각식사가 밥맛을 떨어뜨린다.

고된 훈련으로 모래를 씹어도 소화가 될듯한 나이인데, 식당에 간다고 바로 식사를 할 수 있나요. 3명이 식사당번이다. 한 명은 밥, 한 명은 국, 한 명은 반찬을 담는데 미리 가져다 놓은 밥, 국, 반찬을 8명이 먹도록 골고루 펴야 뒤가 깨끗(?)한데 그게 쉽지가 않다. 펴다 보면 남는 게 적을 수도, 많이 남을 수도 있는데, 3개월은 지나야 기합을 면할 수 있더라.

물론 "식사 개시!" 구령이 떨어질 때까진 노터치다. 밥상머리에 웬 말씀은 그리도 많으신지…. 먹는 얘기 길게 하면 그렇지만, 토요일 분식 얘기만 한 토막, 토요일 점심땐 분식장려에 동참한다고 라면이 나왔는데, 이걸 직각식사로 먹으려니 참 가관일 수밖에, 아마 지금 생도들은 고상하게 스테이크(?)로 하지 않을까…?

생도에게 지급되는 보급품 중에는 나무로 만든 30㎝ 자가 있는데, 첨엔 밑줄 치거나 공책에 줄 치는 데 사용하는 거겠지 했는데, 그게 아니고 주로 침구를 정리할 때, 침구의 각을 세우거나 침구와 담요 사이의 시트를 정확하게 30㎝ 맞출 때 사용하는데, 점호 시나 불시

점검 때 조금만 틀려도 애써 각을 세웠던 침구를 홀라당 벗겨 버린다. 그걸 다시 재정리 하다보면 하루 종일 일과가 뒤죽박죽이 되기 일쑤다.

선배들의 내무반에 불려가기라도 했을 때, 슬쩍 침구정리 하는 걸 보면 가히 예술이다. 물을 뿌려가며 손으로 담요의 모서리를 직각으로 각을 세우고, 30㎝ 나무자는 다리미 대용으로 시트를 다린 듯이 정성스레 입으로 물을 푸! 푸! 해가며, 한 폭의 예술품을 완성시키듯….

지나고 보니, 조그만 오차도 용납되지 않는 일상생활이 몸에 배어야만 비행기를 조종하는 데 크게 도움이 되는 것 같다.

즉, 기계는 의도하는 대로 반응을 하게 되는 것, 조종간을 좌로 움직이면 좌측으로, 우로 하면 우로 선회하는 것이다. 또한 각종 스위치를 정확하게 작동시켜야만 조종사가 원하는 결과를 얻을 수 있는 것이다.

가령, 전시에 폭탄을 투하해야만 파괴할 수 있는 목표를, 로켓포 발사 버튼을 잘못 눌렀다면 임무를 제대로 수행했다고 볼 수 없는 것처럼.

그러한 기본군사훈련 중에도 달콤한 휴식 겸 오락시간이 주어진다. 주로 군사훈련시간에 학교 뒷산에서 힘든 유격훈련을 한 후 자유시간이 주어지는데, 나에겐 그리 달갑지 않은 시간이었다.

"너희 동기 중 오락 부장할 메추리 없냐?"

교관님의 물음에 아무도 선뜻 나서질 않는다. 다 같이 힘든데 누가 하겠다고.

"아무도 없어?" 분위기가 험악한 모드로 바뀌는 것 같아,

"여기 있습니다!" 하고 반강제로 추천된 것이, 전역 때까지 사회자의 길을 걸어야 했던 계기가 될 줄이야.

그때 만일 추천(?)되지 않았으면 군생활 내내 좀 모범적으로 살았으려나?

첫 번째 하늘 나들이

1학년 가을쯤으로 기억된다.

다음 주에 여의도 비행장으로 가서 관숙비행을 할 테니 기대들 하라신다. 즉 비행기를 타고 서울 상공을 구경시켜 준다는 것이다. 흥분과 기대로 힘든 줄 모르고 1주일을 보냈다.

이때, 조종사를 처음 가까이서 봤다.

어릴 적, 시골길을 부인인 듯 오토바이 뒤에 태우고 짙은 썬글라스에 빨간 마후라를 목에 두르고 나의 혼을 빼놓은 그 동경의 대상을!

모두들, 넋을 잃고 설명을 듣고 있었다.

"여러분이 앉아 있는 이곳은 일제 점령기 때, 그들이 중국대륙침략의 교두보로 삼기 위해 1963년 3월에 착공 그해 10월에 완공했단다." 불과 6개월밖에 안 걸린, 대충 만든 임시 비행장 같았다.

활주로는 동그랗게 구멍 숭숭 뚫린 PSP 판이란 게 깔려있었고, 주변을 보니 온통 모래투성이였다.

학과 성적순으로 탑승했던 거 같았는데, 먼저 타고 온 동기들의 흥분된 소감도 들을 만했다. "야~ 끝내주더라!"며 입에 침이 마르도록 자랑이다. 타 봤어야 그 기분 알지….

드디어 부륵 부륵 부르릉! 시동이 걸리고, 길게 뻗은 활주로에 잠시 멈추는가 했더니 단거리 선수마냥 달리기 시작한다.

"야! 꽉 잡아!"

동네 뒷산에서 아래를 내려다본 이후 가장 높은 곳으로 처음 올라와 봤다. "와~" 하는 탄성이 절로 나더라고…. 집들은 납작하게 보이고 자동차는 게처럼 기어가고….

"저기기가 남산이고, 경복궁이고, 북한산이고…." 조종사의 설명에 고개를 돌리기가 바빴다.

"어이, 메추리! 가보고 싶은 데 있어?"

"예! K 대학교를 보고 싶습니다." 고개를 끄덕이시면서 급하게 선회를 하신다. "여자 친구가 다니는 학교냐?" 이~크 들켰네.

주말 외출 때 얼마나 자랑을 했을지는 당연지사 아닌가요. 그 친구도 좀 심했던 것이 며칠 전에 학교 상공에서 목격했다나. 그때 분명히 밖에 학생들이 안 보였던 걸로 봐선 수업 중이라고 생각했었는데….

두 팔을 끈으로 묶고 달린 사나이

공사는 유독 기계체조 수업이 많았다. 루프, 평행봉, 목마, 링, 뜀틀은 기본이고, 공중회전 감각을 숙달시킨다나!… 내가 생각해도 몸이 유연하지는 않은 것 같다. 나는 똑바로 서서 허리를 굽혔을 때 팔이 땅에 닿지 않는다. 교관이 억센 힘으로 허리를 눌러야 겨우 닿을까… 구기 종목은 그런대로 잘하는데, 늘 기계체조시간이 말썽이다.

문제의 핸드스프링 시간이다.

처음엔 항상 숙달된 조교의 시범이 있기 마련, 별거 아닌 것 같았다. "자, 한 명씩 실시!" 잘들도 하기에 나도 충분히 하겠구나 하고는 앞 동기 뒤를 따라 힘차게 도움닫기를 하다가 손을 매트에 짚고 넘어가는가 하더니 다음 순간 막대기 넘어지듯 꽈당! 하고 내동댕이치며 매트 위에 뒤로 벌러덩 넘어졌다. 여기저기서 키각! 웃음이다.

"다시, 해봐!" 그러기를 수차례, 기진맥진이다.

한 과목이라도 통과를 못하면 다음 과목으로 진도를 못 나갈 수 밖에…. 체육관 2층에서 이 비참한 광경을 목격하신 체육과장님이 부르신다. 친절하시게도 과장님이 보시기에, 팔이 너무 벌어지니 어깨너비만큼 벌리고, 두 번째는 팔목이 굽어지지 않도록 하라며 꿀밤을 한방 주신다. "실시!" 그래도 꽈당은 계속되고….

아예 끈이랑, 팔목을 고정시킬 럭비선수용 정강이보호대(그땐 대나무로 만듦)를 가지고 오시더니, 담당교관이랑 두 분이 팔과 팔 사이는 어깨너비가 되게 묶고, 팔목은 구부리지 못하게 보호대를 대고선 칭칭 감아버린다.

팔은 더 벌리지 못하고 팔목은 구부리지 못하는 로봇 신세가 돼버렸다. "실시!" 팔을 앞뒤로 힘차게 흔들며 뛰어도 시원찮을 판국인데, 앞으로 두 팔을 위로 올린 채로 어정쩡하게 뛰려니 제대로 될 노릇인가!

주말 내내 연습해서 다음 수업 때 보자시더니….

생도 생활 중 나를 늘 우울하게 만든 건 학과성적이다.

졸업 시 이학사 자격을 부여하기에 수학, 물리, 화학, 항공역학 등 유독 이과 과목이 많았는데, 수리적 이해도(?)가 약한 내겐 스트레스였다. 시험은 또 왜 그리 자주 보는지!

시험시간이 끝나면 학과장 옥상에서 옹기종기 모여 시험문제에 대한 우리끼리의 강평을 한다. 몇 번 문제는 좀 헷갈렸다느니, 대체로 쉬웠다느니….

성적이 뒤쪽에서 가까운 나는 주로 공부 잘하는 동기들 틈에 섞여 강평을 듣곤 했는데, "이번 시험 망쳤어, 에이! 씨…." 하는 동기를 보면 괜히 위로가 되곤 했는데, 그 친구들하고 나랑은 기준이 다르다는 것을 나중에사 알았다. 그 친구들은 만점 가까이 맞아야 만족인데, 나는 과락(60점)만 면하면 대만족이었으니….

시험이 끝났는데도 옥상에 못 올라오는 친구들에 비하면 뺀죽이 좋은 거겠지! 어머님께서 늘 잘난 친구들과 놀아야 한다고 말씀이 계셔서 그랬는지도 모르겠다.

옥상! 말이 나온 김에 그냥 넘어갈 순 없다.

학교건물이 대부분 2층으로 지어진 건 아는 사실이고, 평지붕으로 된 옥상은 바닥면적 그대로니까 꽤 넓었다.

더운 여름밤이면 선배들의 넓으신 베풀음(?)으로 빵 상자를 갖다놓고 회식도 하는 그런 장소인데, 가끔은 심술이라도 나시면 '공포의 옥상!'으로 바뀌기도 한다. 또한 '성무대의 밤!'이란 웃지 못할 시가 쓰인 배경무대라고 할까!

"전 생도에게 전달합니다! 2주 후 아침자습시간까지 교지에 실릴 원고를 모집하니 협조할 것! 특히 메추리는 한 명도 빠지지 말고 제출할 것! 이상 전달 끝!" 2주 후라, 아직 시간은 충분하군, 채택되면 2박 3일 특박에다 1주일 청소 면제까지….

당일 아침 자습시간에 "전달! 전달! 자습시간이 끝날 때까지 원고를 제출할 것!" 큰일 났군, 30분이라… 번개처럼 시 한 수가 떠올랐다.

제목: 성무대의 달밤

성무대 달 밝은 밤에

옥상에 집합하여

카키빤쓰 밑에 입고

턱 당기고 있을 적에

옆에서 고함치는 소리는

나의 애를 끓나니.

그날 점심시간, 옆자리 2학년 선배가 야릇한 미소와 함께

"니 시 잘 썼더라."

귓속말로 빨리 얘기했다.

"…?"

점심시간이 끝나고 오후 수업을 받으러 학과장에 갔더니, 칠판에 크다랗게 "ㅇㅇㅇ 메추리 수업 후 2학년 ㅇ내무반으로 즉각 출두할 것." 소환 통보다.

1주일간 완전무장으로, 그 넓은 연병장을 고독하게 뛰었다. 학교의 명예와 이순신 장군님의 명예를, 실추시킨 죄목이다. 2박 3일의 특박(?)은 어디로 가고… 장군님! 용서하소서….

낮말은 새가 듣고 밤 말은 쥐가 듣는다더니, 세상에 비밀은 없는가 보다. 한번은 소변을 보는데, 옆에서 누가 툭 치면서 "야! 오랜만이다 할 만 하냐?" 묻기에 옆을 보니 하늘 같은(?) 2학년인데, 고교 동기다. 주위를 둘러보니 화장실엔 분명 우리 둘밖에 없었다.

"야! 할 만하긴, 죽을 맛이다야. ㅆㅍ!"

반갑기도 해서 솔직한 심경을 밝힌 것까진 좋았는데, 반말에다 욕까지 해 버렸다.

마침 다른 생도가 볼일을 보러 와서 학년이 다른 고교동기와의 대화는 그걸로 끝이었다.

잠시 후 2학년 선배가 씩씩거리며 내무반으로 나를 찾아왔다.

바짝 긴장해서 복도로 나갔더니 아까의 대화내용을 밝히는 데, 귀신도 곡하고 갈 일인 것이 소변기 뒤엔 대변기가 있다는 걸 왜 몰랐을꼬!

후배 지도에 열혈이신 선배님께서, 이 사랑(?)스런 후배를 그냥 두실 리가….

엎드려뻗쳐 50회! 그 정도면 솜방망이 처벌입니다요. 감사!

망토를 휘날리며

겨울엔 양복 위에 코트를 입어야 제멋이 난다.

공사생도의 코트를 망토라고 부르는데, 양옆 가슴 쪽에는 약간 벌어지도록 디자인되어, 바람이라도 불라치면 빨~간 안감이 살~짝 휘날려 코트의 파란 바탕색과 대비되어 강한 포인트를 남긴다. 빨간 매력(?)이라고 해야 하나. 파란색 위에 빨간색!

이 망토가 여학생들의 가슴을 설레게 하는 모양이다.

외출 때, 붐비는 인파 속을 상방 15도 앞만 보며 늠름하게 망토를 휘날리며 걸어가는 저 사관생도에게 눈길을 안 줄 여학생이 있겠는가!

"잠깐만요. 저기 공사생도시죠?"

"잠깐이면 되니 시간 좀…."

뭐 그리 바쁠 일이 있겠나? 설령 있더라도 잠깐이라는데. 두 여학생에게 끌리다시피 해서 근처 다방으로 갈 수밖에, 지금의 커피숍이겠지. - 학교 가을축제가 담 주 토요일에 있는데, 꼭 참석해 달랜다.

"학교의 허락을 받아야 하니, 지금 약속을 할 수가 없습니다."

배운 대로 대답할 수밖에.

그 주 목요일인가 편대장(소령)의 호출을 받았다. 같은 내무반 동기들이 더 걱정이다. 너 이제 큰일 났다고 놀리는 동기도 있었지만… 그래도 의기양양하게 내무반을 나와 편대장실 문을 노크했다.

"네, 들어 와요."

예상외로 상냥한 목소리가 들려왔다.

"어서 와라, 여기에 앉게" 소파에 앉아 보긴 처음이다.

"너 토요일 여자친구, 학교축제에 꼭 참석해야겠더라, 이유는 묻지 말고."

"네! ○○○ 메추리!" 이유를 묻지 말라? 고개를 갸우뚱하면서 내무반으로 왔더니만, 동기들이 궁금해서 난리다.

약간은 삭막한 사관학교의 분위기와는 달리, 대학교는 입구부터 각종 현수막으로 요란했다.

더군다나 축제기간이라서인지 애드벌룬에 만국기에, 플래카드로 정신없을 정도였다. 정문을 지나서 오른쪽을 보면 "○○탑"이 보일 테니 그쪽으로 오란다.

어깨에 잔뜩 힘을 주고서 위엄 있게 오른쪽으로 가는데, 저만치서 손을 흔들며 뛰어 오는 게 보였다.

마치 오래된 연인을 반기기라도 하는 듯, 춘향이 버선발은 좀 과한 표현일런가…?

"와줘서 고마워요."라며 반긴다. 오고 싶어 왔던가. 편대장님 지시인데… 차마 그 말은 못하고.

"저기요. 잠깐 저리로 가서 인사나 하시지요."

웬 인사라니, "엄마! 여기 내가 말했던 공사 생도님!"

엄마에게 자랑을 하고 싶었나 보다. 그리곤 자기 과 친구들에게 소개하더니만 학교는 시끄러우니 밖으로 나가잔다.

– 이 정도에서 끝내는 것이, 밥 얻어먹기에 좋을 듯해서 줄입니다.

그 다음해 국군의 날 행사 때 한강 백사장에서 에어쇼 겸 폭격시범이 있었는데, 둘이는 VIP석에서 관람했으니, 다 그녀 아빠 덕분이지 뭐!

전투기 조종사를 급히 양성하라!

남북 간의 긴장 상태는, 부풀은 풍선이 터지기 직전처럼 날이 갈수록 날카로워져 가고 있었다.

더욱이 우리의 절대적인 우방, 미국은 월남전 개입으로 인한 전쟁의 답보 상태를 만회하기 위한 방편으로 주한미군의 일부 철수를 고려해야 할 정도로 기존전력의 재배치를 심각하게 검토하기에 이르렀다. 이에 우리 정부도 해병대(청룡부대)에 뒤이어 사단급 지상군부대를 파견하기로 결정했다.

북한은 이러한 한미 동맹군의 전력 공백을 기회로 오판하여, 무자비한 만행을 저지른 것이다.

군 수뇌부는 부족한 지상군 전력을 보완하기 위한 방편으로, 아시아에서는 처음으로 팬텀기(F-4)를 도입하는 한편, 전투기 조종사의 조기양성을 결정하게 된다(1968).

비행기야 돈으로 사 온다지만, 조종사는 비행훈련을 시작하고부터 적어도 2년 6개월이 걸려야만, 겨우 전투기를 조종할 수 있다. 그렇다고 적기와 공중전을 한다든지 하는 전투임무에 바로 투입하기엔 부족함이 많다.

우린 위와 같은 정책적 결정에 의해 사관학교를 떠나, 초등비행훈련과정에 입교하게 되었다.

다른 동기들은 어땠는지 모르지만 나는 날아가는 기분이었다.

왜냐고요, 그놈의 학과 공부를 안 해도 될 테니까.

신분이야 생도지만, 하늘을 나는 생도가 되는 것이다.

정밀신체검사를 통과만 한다. 물론 입교 전에도 검사를 했지만 조종사가 되기 위한 정밀검사로 초정밀 검사를 받게 되는데, 머리에서 발끝까지, 눈에 약을 넣고 동공확대검사도….

그동안 생도생활 동안 몸에 이상이 생긴 동기도 몇 명 나오더라고.

한꺼번에 많은 인원을 수용할 장소며, 훈련기, 교관 조종사 등을 고려하여 두 개 차수로 나누어 가게 됐다. 성적순으로 나눈다느니 하더니만, 공부 못하면 비행기도 늦게 타야 하느냐며 반발이 심할 수밖에, 그중에 나도 완강한(?) 강경반대파로….

– 그래서 여론이 중요한가? 지그재그로 당첨이 될 줄이야!

중부지방에 위치한 초등비행훈련장은 활주로가 길지는 않았었다.

훈련을 하게 될 L-19라는 프로펠러 비행기는 활주거리가 짧아 군이 긴 활주로가 필요 없었다.

비행장 시설이야 야전 냄새가 물씬 나는 곳이었지만, 학교에 비하면 덜 딱딱할 것 같아 보였다. 비행훈련에 앞서 비행기에 관한 이론 공부를 해야 했다. 다시 말해 정비이론이다.

– 조종 계통, 각종 스위치의 위치와 성능, 비행기의 제원, 연료계통도, 엔진계통도, 전기, 유압, 오일, 항공기상….

공부 좀 그만하나 했는데….

첫날 비행은 그야말로 교관님의 서비스 겸 시범비행이다.

시동은 이렇게, 활주로까지는, 이륙은… 저 아래가 공주이고, 저기는 천안… 착륙할 때는… 알 듯 모를 듯했지만, 대답은 크게 안 할 수 없다. "ROGER!"

두 번째부터가 본격적인 훈련이다. 비행에 앞서 우선 암기해야 할 게 많다. 정상절차와 비상절차다.

말 그대로 시동을 걸고 활주로까지 가서 이륙을 하려면, 정상적인 절차를 알아야 시동을 걸 수가 있지, 자동차처럼 키만 돌린다고 걸리는 게 아니다. 우선 내가 탈 비행기의 외부점검을 체크리스트에 있는 대로 시행한 후, 조종석에 앉아 낙하산을 메고 전 계기판과 각종 스위치를 확인한다. 시동 스위치를 돌리기 전 정비사의 수신호에 의해 외부전원을 공급받아, 어느 RPM을 지날 때 스타트 버튼을 누르고 다음, 다음….

비상절차란 그야말로 비상상황 시의 처치 절차다. '시동 중 화재발생!' '이륙 중 엔진정지!' 등등, 200%를 알았어도 교관이 갑자기 물으면 어물 어물이다. 막 이륙을 하는 순간 "엔진화재발생!" 빨리 처치하란다. 대답이 빨리 나올 수 있겠는가! "야! 뭐해!" 고함소리에 정신이 쑥! 나간다.

좀 지나니 배짱과 여유가 생기더라니깐, 그래서 훈련이 중요한 거고.

가상 수평선을 찾아라!

수평선은 봤어도, 가상 수평선이라니 도대체 어디 있단 말인가?

"야! 저기 저 산 위에 안 보여?"

보이면 봤다고 얼른 대답하지, 안보이니까 긴가민가 미적거릴 수밖에….

"너는 도대체 눈은 왜 달고 다니는 거냐! 이 찡꼬야!"

달려서 나온 눈은 웬 구박이실까. 저도 답답합니다요.

교관 1명에 2~3명의 학생이 배정되는데, 눈이 좋은 학생은(?) 잘 찾은 모양이다. 그 친구에게 잘 물어보라신다.

1학년 때 여의도 관숙 비행 시 한번 뒤에서 타 보긴 했지만, 막상 내가 조종간을 잡고 하려니, 오르락내리락 좌로 기울어졌다가 우로 기울다가, 난리 법석이다.

그 순간 뒤에서 갑자기 "I GOT!!" 소리와 함께 조종간을 낚아채시더니만 마구 흔들어대니 비행기가 요동칠 수밖에, 마치 조종석 밖으로 떨어뜨리기라도 할 것처럼!

그래서 우리끼리 얘기지만 교관을 잘 만나야 된다는 말이 맞는 말이다. 교관들은 우리가 듣는데도, 학생 놈을 잘 만나야 편하시단다…. 그래서 피장파장이란 말이 생긴 걸까?

초등비행 훈련은 그야말로 날기 위한 기본감각을 익히는 과정으로

이 친구가 장차 조종사가 될 기량이 있는가? 다시 말해 공중감각 즉 비행 감이 있는가를 시험한다고나 할까. 생각보다 많은 동기들이 중등과정으로 승급되지 못하고 다른 길로 진로를 바꿔야만 했다.

초등과정 수료를 1주일 정도 남기고 대대장의 호출을 받았다.

글씨를 가장 잘 쓰는 학생을 찾는데, 누가 날 지목해 버렸다.

– 짜식들, 애매할 땐 꼭 나를 들이민다니깐.

결과적으로 잘된 일이다.

대대장이 연말 연시에 보낼 연하장에 주소를 적는 것이었는데, 난로가에 앉아 글씨 쓰는 거야 뭐 어려울 게 있나, 동기들은 수료를 앞두고 추운 날씨에 청소들 하느라 고생들인데.

한 장 한 장 옆에서 불러주시면 무슨 김정희라도 되는 양 붓 편을 요리조리 돌리다가 쓰곤 했다. 아마도 아니꼬우셨겠지만 그럴 수밖에. 마지막 봉투를 쓰고 나니 '할 말이라도 없냐?'며 물어보시더라고. 기회가 자주 있는 건 아니다. "저~ 중등과정으로 입과할 수 있게 해 주십시오." "오케이!"

이름하여 연하장 대필사건(?)으로 초등과정 무난히 수료!

중등과정 학생대표로 선발되다!

중등과정과 고등과정 훈련장은 남쪽지방에 있었다.

내 고향마을과 가까운, 어릴 적 뒷산에서 소에게 풀을 먹이던 곳과는 차로 불과 30분 거리도 채 안 되었다.

그래서 동기들이 나를 학생대표로 뽑은 것 같다.

1주일간의 초등과정 수료 기념 휴가를 받고서 오랜만에 그립던 고향으로 내려왔다.

나만 빼고 다른 동기들은 열차로 진주역까지 오는 이동계획이 세워지고(연하장 대필 덕에), 나는 비행장으로 가서 훈육관에게 도착 신고를 했더니, 나중에 역에 마중 나갈 때 같이 가자신다.

드디어 학생장 노릇이 시작된 것이다.

서울발 열차는 천 리길을 달려오느라 지친 듯 목쉰 기적을 울리며 종착역을 향해 치익칙! 치~익칙!이다.

군복차림이라서 인지 플랫폼 안까지 들어가서 맞이할 수 있었다.

그런데, 도착을 반가워해야 할 동기들 얼굴이 기합이라도 받고 온 것처럼 영 어두운 얼굴들이다.

한 친구를 붙들고 빠르게 물었다. "야, 뭔 일 있나?"

짜식 대답은 않고 손가락으로 입을 막는다. "???"

– 시끌 시끌 해야 할 차 안은 무거운 침묵만 흐르고….

"전원, 즉시 카키 팬티로 집합!

한 명이 실종된 것이다. 몇 번이고 확인했는데, 물론 나를 포함해도 한 명이…. 인솔 장교도 황당할 수밖에, 지휘계통으로 보고하고, 열차가 통과한 역은 물론, 경찰서까지 확인을 요청해 놓고서 연락이 오기를 기다리고 있었다.

우린 동기생이란 얄궂은(?) 인연 때문에 장거리 여행의 노독을 풀 새도 없이 혹시나(?) 하는 우려 속에 겨울의 밤바람을 불평 없이 뛰고 또 뛰었다.

"어! 저기 왔다. 왔어!"

우린 기합이고 뭐고 살아서 돌아온 그 친구를 얼싸안고, 헹가래도 치고… 재회(?)의 기쁨을 나누고 있었다.

그때는 서울발 경전선 열차가 삼랑진역에서 맨 끝 한량(칸)을 떼어 놓고 진주로 출발하는데, 여자 친구랑 마지막 차량에 있다가 떨어져 나간 지도 모르고 이별만 아쉬워하고 있었으니….

– 여자란 무엇인지, 사랑은 또 뭐기에, 학생장만 고달프게 생겼다.

교관소개장의 해프닝

도착 첫날부터 본의 아니게 좋지 않은 첫인상을 심어준 우리는 다음날 교관님들과의 상견례가 있을 브리핑실에 잔뜩 긴장하여 꼿꼿하게 앉아 교관들이 입장하기를 기다렸다.

드디어 문이 열리고 썬글라스를 낀 교관들이 자리를 잡고 뒤이어 훈련 중대장(고참 소령)이 사자처럼 어슬렁거리며 단상 위에 올라서신다. "전체! 차렷! 집합 끝." 보고를 하자마자 "네놈들이 그 말썽꾸러기들이란 말이지." 하면서 어제의 열차 사건을 끄집어내신다.

"자, 그럼 앞으로 6개월간 여러분들을 지도할 교관님들을 소개하겠다."

"맨 처음교관은 이○○ 소령, 학생은 김○○, 박○○. 어이! 김○○ 학생! 교관님 인상 어때?" 느닷없이 하늘 같으신 스승의 인상 평을 물으신다. 무슨 말이든지 해야 할 판이다.

"공자님 같습니다." 지 딴에는 좋은 인상이라고 대답했는데….

"머, 머라고! 공자!" 뒤에서 교관들이 웅성거리는 소리가 들렸다.

– 아니 공자가 얼마나 좋으신 분인가.

"그럼, 김○○ 학생! 말해 봐!"

"네! 공자님 조카 같습니다!" "뭐야! 이놈들이 버르장머리들이 없구먼."

– 너무 긴장하다 보면 그럴 수도 있지 않겠소.

즉시 교관 소개는 '공자님 사건'으로 중단되고 다음 순서는 '낙하산 메고 활주로 한 바퀴!'다.

– 참고로 활주로 길이는 약 3km임. 어젯밤도 구보요, 오늘도 아침부터 구보로 날을 보내고 있었으니….

결국 어제의 열차 사건 주인공은 중대장 긴급면담을 통하여, 비행기 꼬리도 못 만져보고 서울행 기차에 몸을 실었으니, 나는 진주역까지 배웅하면서 신신당부했다. "야, 이번엔 절대로 맨 뒤 칸에 가지 마라!"

– 비행기를 타긴 힘들어도 안 타긴 쉽다. 본인의 생명이 걸린 문제인데 누가 억지로 타게 할 수 있겠는가!

우린 정치와 무관합니다!

우리들의 중등비행훈련기는 초등과정에서 탔던 L-19에 비하면 속도도 빠르고, 여러 가지 공중묘기를 훈련할 수 있게 설계된 (T-28)이란 기종이었다.

– 그 옛날 고향 뒷산에서 보았던 은빛을 반짝이며 나의 혼을 뺏어갔던 그 비행기였다.

루프(LOOP)라 해서 수직원을 그린다든지, 클로버 잎을 그린다든지 하는 소위 특수비행을 많이 훈련하는데, 체육관에서 기계체조 연습을 하던 생각이 나서 혼자서 웃곤 했다.

물론 단독비행(SOLO)도 해야 하니 이착륙훈련은 뜰 때, 내릴 때 몇 번씩 하는 건 필수이고.

그럭저럭 비행훈련도 순조롭고, 동기들도 별 말썽 없는 평화시대가 온 것 같았다. 좀이 쑤실 때가 온 건가, “학생장! 미팅이나 좀 주선하시지?” 만날 때마다 애원이다. 그 왜 여자 땜에 오자마자 혼난 건 벌써 잊었는가!

외출 때 친척집에나 갈까 하는 데, 길에서 아는 고교 후배를 만났다. 오랜만이다. 반갑다. 멋있다 해가면서….

너 어느 대학에 다니느냐니까, 시내에 있는 교대에 다닌단다.

“야, 잠깐 얘기 좀 하자.”며 바쁘다는 놈을 억지로 끌다시피 근처 빵집으로 데리고 갔다. 교대라… 여학생이라… 미팅 생각이 얼른 떠

올랐다. 너 여학생 좀 아냐니까 얼씨구! 자기가 학생회장이라네.

"너 오늘 제대로 걸렸다. 이 선배 체면 좀 살려주라."

급한 놈이 매달릴 수밖에….

선배, 사정은 알겠는데, 시국이 어수선해서 휴학을 한다느니 해서 어떨지 자신이 없단다. 야, 우린 사관생도인데 정치하고, 시국하고 뭔 상관이야, 우린 군인이고, 너희들은 선생님이 될 건데 안 그래? 그리고 말이야, 학생회장이 그 정도 파워는 있어야지 않겠어!

확! 자존심을 건드렸더니, 그럼 미팅보다 친선축구시합부터 하잔다.

그래 일단 명분이 서니까 해 보자고!

– 일단 훈육관에게 보고했더니 윗분들의 승낙이 필요하단다.

대외적인 행사이므로….

매일 연락해서 진행사항을 확인하고 해결해야 될 여러 가지 문제들을 하나씩 체크하느라 정신없이 보내야 했다. 비행훈련도 병행하면서… 선수 선발, 유니폼과 축구화, 응원 준비, 음료수, 페넌트 교환 준비 등.

오후 비행이 끝나면, 곧바로 연병장에서 해가 질 때까지 연습도 하고, 교관님들의 격려와 코치도 받아가며, 순조로운 진행이 되고 있었다.

날짜는 2주 후 토요일에 하되,

축구시합은 공설운동장에서,

심판은 공정성을 보장하기 위해 축구협회의 추천을 받고,

미팅은 다음날인 일요일에 하기로 최종합의가 이뤄졌다.

합의소식이 발표되자, 동기들은 브라보! 파이팅! 소리에 시끌벅적하게 환호로 화답해줬다. 잘~돼야 될 텐데, 걱정이 가시질 않는다.

드디어 걱정 속에 2주가 지나고, 출발해야 할 시간이 다가오고 있었다. 어제 저녁에 통화할 때도 이상 없다고 했으니 별일이야 있겠나 싶었다. 버스엔 이미 교관님들과 가족까지, 꼬마들은 괜히 신들이 나서 재잘거리며 아저씨들이 꼭 이겨야 한다고 '파이팅!'까지.

막 출발하려는 저쪽 학교에서 나를 급히 찾는단다. 이 무슨 불길한 징조인가! 얼른 가서 전화를 받았더니 학생회장이 대뜸 큰일 났단다. 경찰이 총장님실로 찾아와서는 오늘 공설운동장 행사를 취소하라고 한단다.

이 무슨 뚱딴지같은 소리더냐, 날벼락이냐!

"야! 정 안되면 골목에서라도 해야 돼! 지금 출발한다고! 알겠어!!"

전화기를 땅바닥에 힘껏 내동댕이쳐 버렸다.

– 전화기 파손

훈육관이 걱정스레 물으신다. "뭔 일 있냐?" "아닙니다. 준비완료랍니다." 차 안은 이미 승리의 찬가로 토요일 오후를 꽉 채우고도 남았

다. 교관들, 가족들, 동기들은 이미 한 팀으로 충분히 호흡을 맞추고 있었다. 지휘관(?)은 외롭다고 했던가!

점점 공설운동장은 다가오고, 지금처럼 실시간 상황을 전해 들을 수도 없고, 드디어 운명의 시간은 오고야 말았으니, 이제 저 언덕만 넘으면 운동장이 보일 것이다.

언덕을 넘는 그 순간, 휴~! 나도 모르게 짧은 한숨이 나오고 말았으니, 애드벌룬 두 개가 바람에 가볍게 흔들리고 있질 않는가!

– 축! 친선 축구 대회 -

– 환영! 빨간 마후라 -

나도 모르게 옆자리의 동기를 껴안고 말았다. 웬 퍼포먼스인지 아무도 눈치 채지 못한 것 같았다. 시합이야 이기든 지든, 시작만 하면 되는 것 아닌가.

와~! 하는 함성과 함께 우레와 같은 박수가 우리를 반겨주었다.

특히 여학생들의 환호는 내일의 미팅을 더욱 기대케 하기에 충분했다. 장내 아나운서의 경상도 사투리는 더욱 분위기를 띄워 주고,

"공사 생도 여러분들! 어스 오이소예."

선수들은 벌써 운동장으로 내려가 몸풀기에 바빴다.

나는 인사차온 학생회장과 더더욱 반갑게 악수를 나눈 후 저쪽 선수들 쪽으로 갔다. "여러분들, 좀 살살해요. 다치면 비행기도 못 타니, 알았죠! 부탁합니다." 애교 어린 주문을 해 두었다.

학생회장과 시합 후의 일정과 내일 있을 미팅 건에 대한 대화를 하는 사이, 심판의 휘슬소리가 신바람 나게 들려왔다.

장내 아나운서와 해설자의 배꼽 잡는 현지어 생중계는 더욱 상승 분위기를 유도했다.

"지금 등짝에 3이라꼬 쓴 유니폼 입은 선수! 요리조리 하더니 마, 똥뽈로 사정없시 멀찌감치 쌔리 차 삐릿 싶니다. 우찌 보십니까요."

해설가 왈,

"저기~ 오데~ 축구라고 할 수 있능교! 마 아 운동장이 아깝십니다. 와~ 참말로 아 덜 볼까 겁납니데이."

구르고, 넘어지고, 일으켜 세워 주고, 그렇게 시간은 흘러 친선게임 다운 1대1로 모두가 만족하는 성적표를 받고 경기를 마쳤다.

"자, 그럼 저녁 식사자리로 이동합시다요."

훈육관님도 모시고 갔다. 자리를 빛내(?)주실 분도 있어야 하니까. 시내 중심부의 중국 음식점 2층을 마련해 놓았다.

우선 시원한 음료수가 나오고 약간의 요리가 나왔다.

훈육관님께 인사 말씀을 부탁드렸다. 좋은 자리 마련해준 교대 쪽에 감사드리고 유대관계 잘하라고 하시더니, 가족들이 기다리니 먼저 가시겠다고 하신다. 식사나 하고 가시렸더니….

계단을 내려가시면서 당부의 말씀을 남기시길, 술은 한 잔씩만 하고! "ROGER~ SIR!!" "걱정 마십시오!"

배웅하고 오는 그사이를 못 참아 맥주병과 고량주가 테이블마다 그 득이다. 젊음이 좋은 건가, 누가 시키지도 않았는데도 곳곳에서 위하여! 브라보!가 터져 나왔다.

딱 한 잔씩만 하라고 말씀하셨는데! 에라 모르겠다. 뒷일을 알면, 도사게.

"학생대표 분위기 좀 살리쇼!"

당연히 살려야지, 어떻게 이루어진 축구시합이던가 말이다.

명사회자가 이럴 때 가만히 있을 수 있나요.

“자, 지금부터 대한민국의 영공방위를 책임질 미래의 빨간 마후라와 훌륭한 후세들의 교육을 책임질 교대생 간의 멋진 자리를 시작하겠습니다!”

“우선 술잔을 채우시고 하나 둘 셋! 하면 원샷으로 마신 후 우측 방향으로 한사람 건너서 돌리도록!” 하나 둘 셋!

이번엔 좌로 세 사람 건너… 좌로 우로 몇 번 휘돌렸더니 화기애애해질 수밖에.

춤추고 노래하고 중국집 2층은 그야말로 젊음의 아수라장으로 변했다. 오직 남자들끼리만 있는데도… 웃통 안 벗을 수 있는감.

가끔씩 배 서방 아저씨, 집 부서질까 빼꼼히 들여다보고 가더라고.

버스를 운전하는 김 중사가 아니었다면 밤새 중국집에서 보냈을 것이다. 귀대시간이 1시간 이상 지났단다.

이 겁 없는 친구들을 겨우겨우 달래고 해서 차에 태웠더니 아직도 힘이 남았는지 버스를 부술 듯 뛰고 구르고 난리들이다.

그 버스, 정비 좀 했을걸. 김 중사 미안!

숙소 앞에 도착해서 차에서 내려 막 계단을 올라가는 데, 저만치 훈육관님이 오시는 게 보였다. 이 친구들 귀대 시간이 지나도 안 오니까 염려가 되어서 확인하러 오시는가 보다.

"쉿! 훈육관 오시니까 조용히들!"

술 취한 친구에게 무슨 말을 한들 소용이겠냐.

"야! 훈육관! 너 이리와! 훈육관이면 다야! 꺽!"

즉시 '카키 팬티 집합!'이다. 웃통 벗고….

자정이 넘은 한밤중, 우린 별빛이 빛나는 밤하늘 보면서 술을 깨고 있었으니….

"별도 지시 있을 때까지 외출금지!"

이크 큰일이다, 당장 내일 미팅은?

죄목이 좀 큰 건 사실이다. 음주로 규정 위반에, 직속상관 모독죄까지, 이 모든 사건의 명백한 주동자는 학생대표다.

사표라도 낼 수 있다면 얼마나 좋을 까 마는….

비록 외출금지는 당하고, 미팅은 허공으로 날아갔어도 알릴 건 알려야 한다. 이쪽은 지은 죄가 있으니 그렇다 치고, 기다리고 있을 여학생들에겐 알려야 한다.

학생회장에게 전화를 했더니, 아주 난감해 한다.

그도 그럴 수밖에 여학생 부회장에게 사정사정해서 성사된 일인지라, 그래서 북괴군의 동태가 심상치 않아 오늘 새벽을 기해 비상소집이 발령되는 바람에 나갈 수 없다고 둘러대라고 해 버렸다.

좌우간 외출금지는 확실하니까!

그동안 날씨 탓으로 비행훈련 진도가 늦어져, 만회하느라 하늘만 보였다 하면 하루에 두 탕씩이다.

주말도 없이 강행군을 해야만 예정대로 수료를 시키고, 그래야만 다음 차수를 입교시킬 수 있다는 것이다.

비록 외출금지는 당했지만, 공중에서나마 가끔씩 고향마을을 내려다볼 수 있어 큰 위안이 되곤 했다.

우리들 중등과정의 훈련 공역은 지리산을 가운데 두고 동서남북으로 나뉘어 있었다. 정신없이 훈련에 집중하다 보면 다른 공역으로 들어가기도 하는데, 그랬다간 자칫 공중 충돌의 위험이 있어서 심한 꾸지람을 받는다.

비행 중 위험한 조작이나, 기재취급 실수는 조종사로서의 자격과 연관되어 도태의 대상에 오르기 쉽다.

작은 실수가 큰 사고로 연결될 수 있기 때문이다.

그래서 사고예방차원에서, 사고 칠 가능성이 높은 친구들을 미리 걸러내는 것이다. 비행기술이 아무리 좋은들, 사고가 없어야지.

한 대 가격이 얼마인가!

비행기 사고는 대부분 조종사 실수가 많다. 자동차 사고도 마찬가지 아닌가. 자동차에 비해 훨씬 안전한 건 확실하다.

어머니표 시골 밥상!

한번은 고향마을 상공에서 그날의 훈련과목을 열심히 하고 있는데, 교관님이 "네 고향이 이쪽이냐?" 물으신다. 저기 2시 방향 아래 저수지 근처라고 했더니만, "그 저수지 붕어 많어?" "예, 물 반 붕어 반입니다."라고 대답했다.

내친김에 주말에 낚시 좋아하시는 교관님들과 가시자고 했더니, 상의해서 알려주겠단다.

이틀 후엔가 낚시 얘기를 하시면서 가도 되느냐고 하시길래, 아무런 문제가 없으니 꼭 가시자고 단호하게 말씀드렸다.

그 주 일요일, 일찍 출발하자신다.

즉시, 시골형님께 교관님들의 낚시 행차를 알렸다.

내가 안내를 해야만 하는데, 아직도 별도지시가 없어 외출금지 상태가 아니던가. 나만 외출? 그건 안 되지!

결국은 교관님들의 낚시 행차 덕분에, 별도지시로 외출금지를 해제할 수밖에… 그래야 내가 안내를 할 수 있으니까.

– 나만 특혜를 줄 수 없기 때문이다.

모처럼 동기들에게 체면이 서는 것 같아 우쭐해 지더라고.

저수지가 보이는 시골마을에 들어서자 웬 현수막이 가로수에 걸려 있었다. 웬 현수막? 누가 고시라도 합격한 건가?

동네에선 내가 제일로 출세했는데….

운전을 하시던 교관님이 잠깐! 하더니만, 차를 현수막 아래에서 세웠다. 사진 한 방 안 찍을 수 없다는 것이었다.

– 경, 빨간 마후라 동네방문, 축 ! –

시골 형님이 집에 있던 흰 광목천에다 물감으로 직접 쓴 걸작품(?)이다. 그뿐이랴, 낚시터 포인터마다 주변 정리도 깔끔하게 해두어 낚싯대를 펼치기에 좋도록 해 놨다.

– 나한테 만 살~짝 귓속말로 "잘 잡힐 끼다. 새벽에 깻묵 엄청 뿌려놨단다."

"야~! 이거 넣자마자 입질을 하네."

"어~ 잡았다! 잡았어!" 역시 밑밥의 위력은 대단했었다.

내 고향 저수지의 붕어들은 나를 배신하지 않았고, 나의 물 반 고기 반 발언은 진실임이 증명되는 순간이기도 했다.

이럴 때 말조심해야 한다. 언제 붕어들의 반란이 있을지 모르니까. 나는 낚여온 붕어를 바늘에서 빼느라 손 따가운 줄도 모르고 이리 뛰고 저리 뛰고 바쁘게 논두랑을 뛰어다니고 있었다.

오늘의 이 낚시 행차가 성공적으로 끝나기를 바라면서….

해가 중천으로 떠오른 지도 한참을 지나자 약간의 소강상태가 오고 있었다. 담배를 피워 문 교관들이 많아지고, 기지개에 하품까지 하시는걸 보아하니 아까의 그 분주함은 어디로 갔나 싶어 조바심이 났다.

"붕어들이 점심 먹으러 갔나 봐."

"그러게요, 많이들 잡았는데 슬슬 거두지요~"

이때, 저만치 구원투수가 나타났으니, 머리엔 큼지막한 함지박을 한 손으로 잡으시고 한 손엔 노란 주전자를 든 어머니가 점심을 가지고 오시는 것이다.

얼른 뛰어가 주전자를 받아들고 평평한 곳으로 자리를 잡았다.

"점심 드시러 오십시요!"

차린 밥상을 보시더니, 입들을 다물지 못 하시더라고….

하얀 쌀밥은 김이 무럭무럭, 생선도 구워 오시고, 손수 밭에서 캐

온 나물이며 친환경 반찬들….

– 어머니표 원조 시골 밥상(!)이 차려진 것이다. 노란 주전자의 노~란 막걸리 맛은 또 어떤가! 교관님들의 탄성이 터질 수밖에.

"선상님들 야 좀 잘 봐주이소!"

인사 청탁을 하시는 것이리라. 오직 자식 잘되라고… 목이 멘다.

– 아~ 그리운 나의 어머니!

그날의 행사는 대성공으로 마무리가 되는가 보다.

고등비행과정에 입교하다

어느덧 6개월이 지나 고향하늘을 떠나야 했다.

중등과정훈련도 거의 마무리 단계로 접어들어, 힘들다는 편대 비행 훈련도 교관이 손을 떼고도 제법 옆에서 잘 따라다닐 만큼 자신감도 생겼다.

중등과정을 무사히 마치고, 무등산이 보이는 고등비행 훈련장으로 향했다.

– 이게 다~ 어머님의 헌신적인 밥상과 형님 그리고 붕어들 덕이리라.

드디어, 고등비행과정은 제트엔진이 장착된 T-33 기종으로, 프로펠러에서 제트기로 기종 전환이 되었다…. 이 훈련기를 개조해서 로켓포와 폭탄을 장착하여 전술기로도 활용하였는데, 1971년도에는 소흑산도 대간첩작전에서 혁혁한 공을 세우기도 했었다.

이 T-33기의 양쪽 날개 끝에는 커다란 연료 탱크를 달고 비행을 하는데 체공시간이 길고 두 명이 탑승하기 때문에 간첩작전과 같이 야간의 해상임무에 투입하기에 적합하다. 또한 나중에 언급하게 될 단좌전투기인 F-86F의 기종 전환훈련에도 유용하게 사용되기도 했다. 속도가 거의 비슷하기 때문이기도 하고 복좌이니까 전투기의 교육보조기(?)로는 그만이다.

우리들이 소속된 고등비행 훈련대대는 전투비행단에 편성되어 있어서, 가까운 거리에 전투비행대대가 위치해 있었다. 점점 꿈이 가까이로 다가와 있는 것처럼 느껴졌다.

어쩌다 식사시간에 마주친 선배들을 보면 환상 그 자체를 보는 것 같았다. 조종복에 빨간 마후라를 두르고, 어깨엔 총알이 보이는 권총까지 차고서 짙은 썬글라스를 낀 그 모습이 나는 너무 좋더라!

– 아~ 전투 조종사!!

두 대의 전투기가 요란한 폭음을 뒤로하고 서로 부딕 칠 듯 활주로를 달리는가 싶더니만 이내 저만치 사라져 버린다.

저렇게 빠른 비행기를 어떻게 탈 수 있을까….

– 고등비행훈련과정의 핵심은, 앞으로 전투기를 조종하는 데 문제는 없는가?

– 높은 고도와 빠른 속도에서도 잘 적응을 하는가?

– 다시 말해 전투 조종사로서의 작전임무를 잘 수행할 수 있는가?

– 또는 임무 수행 중 기상 악화 시에, 혼자서도 모기지 또는 기상이 양호한 기지로 귀환할 수 있는가? 하는 것이 교육의 목표이라고 본다.

위의 여러 가지 중, 기상 악화를 대비하는 훈련이 곧 계기비행 훈련인데, 이 훈련을 하기 위해서는 충분한 학술교육을 받아야 한다.

쉽게 설명하면 여객기가 비행하는 것을 예로 들어, 김포공항에서 이륙하여 제주공항으로 비행하려면 이륙 전에 항로에서 비행할 고도를 미리 지정받아야 하고, 항로 상 보고지점에서의 통과시간과 제주공항 착륙예정시간을 미리 통보해 주어야 한다.

그래야 공중충돌을 예방할 수가 있는 것이다.

물론, 레이더로 감시하긴 하지만 100% 감시가 되겠는가.

전투기가 왜 그래야 되냐구요?

이륙할 때는 멀쩡하던 날씨가 갑자기 구름이 몰려와 소나기가 퍼붓고, 비행장 일대를 덮어버리는 경우가 종종 있다. 그렇다고 안 내릴 수는 없지 않는가, 그럴 경우 기상이 양호한 기지로 착륙할 수도 있지만 전국적으로 구름이 덮일 수도 있겠고, 더군다나 전시에는 날씨가 나쁜 날에도 출격을 해야 하기 때문이다.

계기비행을 할 때는 여객기가 항로를 따라 비행하다가 활주로에 착륙하듯이 똑같은 절차를 받게 되는데, 이때부터는 영어 사용이 많아진다. 이륙 전 관제탑으로부터 어떤 항로를 따라서 어디까지 갔다가 다시 어떤 항로로 비행장으로 되돌아 온다는 내용을 통보받으면 이를 정확하게 복창(read back)해야 하는데, 땅에서는 줄 줄 줄 할 것 같아도 제트의 소음에다 교관님의 고함소리 하며, 첨엔 say again!이 주로 많았다.

바퀴가 땅에서 떨어지고 이륙절차가 끝나기 무섭게 교관의 "Hood

on." 지시가 떨어진다. 계기비행을 할 때는 앞에 교관이, 뒤에 학생이 타는데, 뒷좌석 위쪽(canopy)에 가림막(Hood)이 붙어있어 그걸 뒤에서 앞으로 밀면 밖이 전혀 보이질 않는다. 방의 커튼을 친 것처럼. 이때부터는 오직 계기만 믿고, 계기만 보고 항로를 따라 주어진 고도를 유지하도록 비행을 해야 하는 것이다.

교관은 전후좌우 공중경계를 하면서 다른 항공기가 접근하는지 육안으로 살필 뿐 아니라, 학생이 항로, 고도, 속도를 정확하게 지키는지를 체크해 가면서 비행을 감독하게 된다.

어떤 때는 항로를 많이 벗어나는가 하면, 고도를 못 지켜 다른 비행기기와 충돌위험 직전까지 가는데, 교관은 전부를 다 파악하고 있다가 "너 죽고 싶어?!" 하고는 가림막을 벗으라고 해서, 벗고 보면 옆으로 휙! 하고 지나간다. "아이쿠!" 하고 가슴을 쓸어내린다.

그놈의 계기비행 참 어렵군, 아이러니하게도 내가 소령 때 고등과정 교관을 하게 될 줄이야….

전투기에 비해 그렇게 빠르지는 않지만 명색이 제트 훈련기다.

지금까지의 프로펠라 시대에서 제트의 시대로 바뀐 것이다.

당연히 제트엔진의 원리, 특성, 구조에 대한 공부가 따를 수밖에.

또 다른 하나는 산소마스크가 붙은 헬멧을 착용하는 것이 지금까지와는 다른 점이다.

어차피 에피소드 위주로 글을 쓰기로 했으니 지금 생각해도 엉뚱한 일도 밝혀야 하지 않겠나!

고등비행 수료식을 앞두고 학술 종합평가라 해서 그동안 배운 여러 가지 학술 과목에 대해 시험을 보게 되어 있었다. 비행성적과 합산하여 성적을 내게 되는데 상당히 신경 써야 할 판이다.

시험지는 이미 인쇄되어 평가담당교관의 캐비넷에 보관되어 있다는 첩보를 입수했는지라 그 캐비넷을 볼 때마다 자꾸만 눈길이 갔다.

호시탐탐 기회를 엿보던 차에 마침 평가 교관이 비행스케줄로 자리를 비웠다. 문제지가 보관되어 있는 캐비넷의 열쇠를 찾는 것이 급선무였다. 열려 있는 방문으로 들어가서 의자 뒤에 걸쳐 두고 비행을 가신 교관님의 잠바에서 문제의 열쇠를 찾아내는 건 어렵지 않았다.

나와 공범인 동기생은 문제지는 거들떠보지도 않고 정답지만 재빠르게 적었다. 그리곤 숙소로 가서 몇 명에게 다시 카피하라고 하고는 절대로 만점이 안 되게 잘 조절하라고 당부했다.

비행이 끝나고 종합시험이 있었다. 우리는 어느 때보다도 진지하게 문제지를 풀어나갔다. 시험 감독을 하던 교관이 보아하니 분명히 계산기를 사용해야만 하는 문제인데도 그냥 답을 적는 걸 보시더니 내 쪽으로 가까이 오시는 것이다.

나는 얼른 다른 페이지를 넘겨 딴전을 피워서 위기(?)를 모면하기도 했다.

"이번 차수 학생들은 공부들을 많이 했구먼, 다들 잘 푸는군!"

고등과정 수료식은 공군의 잔칫날이다.

왜냐하면 새로운 조종사가 탄생되는 날이기 때문이다.

더욱이 우리들이 누구인가, 한국군 전체의 전력 공백을 메꾸기 위해 전투 조종사 조기양성 계획으로 투입된 용사들이 아니던가!

참모총장님이 직접 은색 조종휼장(Silver wing)을 가슴에 달아주시고, 목에는 그렇게도 동경했던 빨간 마후라를 매어 주셨다.

– 아~! 빨간 마후라!

우리는 최초의 사관생도 조종사가 된 것이다.

아무것도 몰랐던, 날지 못하는 새가 이제야 어엿한 한 마리의 새끼 독수리가 되다니…. 초등, 중등, 고등과정의 고된 훈련을 이겨내고 여기까지 왔다는 사실이 가슴 벅찬 감동으로 다가와 눈물을 흘리는 친구들도 많았다. 서러운 눈물이 아닌 환희의 눈물을!

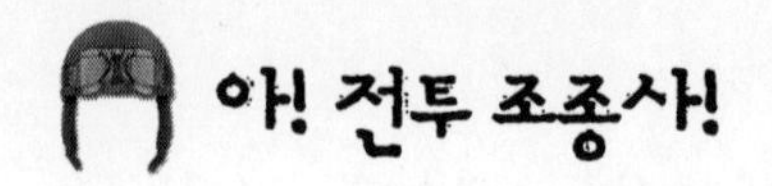

초등과정을 입과 한지 지가 얼마 안 된 것 같은데, 벌써 고등과정까지 마치다니….

우리 동기들은 고등과정을 수료하고는 전국의 전투비행대대로 배속되어 삼삼오오 헤어졌다.

그동안, 절반의 동기들이 본인의 의사와는 관계없이 조종사의 길을 포기해야만 했다. 우린 오감五感에다 비행감飛行感을 하나 더하여 육감六感이라고 부르는데, 그 친구들은 비행감 즉 육감이 없었기 때문이다.

그만큼 조종사 되기가 쉽지 않다는 통계일 것이다.

나중에 내가 고등과정 교관을 하면서 느낀 것인데 비행감이 좋은 학생이 있는가 하면 아주 형편없는 학생이 분명히 있더라고.

우스갯말로 고참 교관은 학생 뒤통수만 봐도 그 학생이 잘 탈지 못 탈지를 알 수 있다고들 한다. 운동 잘한다고 잘 타는 것도 아니고 아무튼 비행감이란 것이 있긴 있나 보다.

나는 3명의 동기와 함께 F-86F 전투기의 기종 전환 훈련을 위해 ○○비행대대에 임시 배속되었다. F-86F 전투기는 음속에 가까운 속도를 자랑하는, 한국 전쟁 시 제공권 확보에 결정적인 기여를 한 전투기로, MIG 킬러로 불리기까지 하였으며, '쌕쌕이'라는 별명으로도 유명하다. 엔진소리가 쌕쌕 소리가 난다고 해서인가….

추운 날씨엔 쌕쌕하는 소리를 내면서 날아다니는 것 같기도 했다. 아무튼 한국전쟁 시엔 제공권 확보에 결정적인 기여를 한, 적들에겐 공포의 대상이었으니까.

비록 도입된 지는 20여 년이 지났지만 공군의 주력기로 운영되고 있었다. 주간 단좌(1인승) 전투기로 비록 속도는 아음속이지만, 길이에 비해 큰 날개를 가지고 있어서 공중전을 할 때에는 선회 반경이 적어 적기의 꼬리를 무는 데 매우 효과적이었다고 한다.

우리는 본격적으로 새로운 비행기에 대한 교육을 받기 전에 예절교육, 그중에서도 술자리 예절교육부터 받아야 했다.

술잔과 맥주병, 주전자까지 준비하신 술 교관님(?)의 태도가 어찌 그렇게 진지하시던지 우린 차렷(!) 자세로 서 있어야 했다.

나는 그 교육이 우리네 일상생활에 반드시 필요한 교육이라 느껴 잠시 소개하고자한다.

그 당시 군인들 세계는 남자들만의 세상인지라 술자리가 많을 수밖에 없었는데 술을 따르고 받을 때를 보면 그 사람의 매너를 쉽게 알 수가 있는 것이다.

우선 술을 따를 때부터 보면, 크게 두 가지가 있을 수 있는 데,

– 양주나 소주같이 작은 잔에 따를 때는 4/5 정도 따르는 것이 마시기도 좋다.

– 맥주의 경우에는 거품이 있기 때문에 1/3 정도 따른 후 천천히 따라야 넘치지 않는다. 술을 넘치게 따르면 보기에도 좋지 않을 뿐 아니라 흘리게 되어 마시기도 그렇다. 솔직하게 표현하면 불결하고 무시당하는 기분이 들고 결코 유쾌하지는 않다.

– 또한 막걸리와 같이 주전자로 따를 때는 손잡이를 오른손으로, 손바닥이 밑으로 향하게, 공손한 자세로 잡고 왼손은 팔꿈치 쪽으로

살짝 받쳐 주는 형식을 취하고,

– 자세는 한쪽 무릎을 살짝 구부리고 허리는 약간 앞으로 수그려야 한다.

– 왼손으로 주전자 손잡이를 잡거나 손잡이를 손바닥이 위로 향하게 잡는다면 공격적인 자세가 되기 때문에 결례가 된다.

일본의 사무라이들의 경우 그런 자세를 취할 때는 금방 칼을 뽑는다는 것이다.

– 또한 술을 받은 입장에서는, 잔을 받자마자 가볍게 입에 대고 한 모금 마신 후 테이블에 놓든지 해야 한다. 마시지도 않고 그냥 받아 탁자에 놓으면 결례가 된다. 내가 따라주는 술이 맘에 안 들던가 하는 오해를 살 수도 있는 것이다.

– 중국 사람들처럼 건배를 했을 때는 상대방을 쳐다보면서 원샷을 한 후 잔을 머리 위로 거꾸로 뒤집는 주법도 있기는 하다.

– 잔을 비우고 상대에게 잔을 권할 때는 반드시 입을 댄 부분을 휴지 같은 것으로 가볍게 닦은 후 권하는 게 매너이다.

또 하나, 아무리 아랫사람이라고 왼손으로 술잔을 주거나 술을 따라 주거나 하면 무시하는 것 같아 불쾌하기까지 하더라!

어떤 사람은 깨끗하게 닦는다고 설거지하듯 하는데 그건 좀 심하고… 그때 배운 주법대로 했더니 지금까지 지위고하를 막론하고 술 매너 하나만큼은 지적받은 적이 없었다.

– 비행기의 수명 연한은 자동차보다 훨씬 길다. 매 비행 후의 정비는 기본이고, 시간이 경과됨에 따라 정비스케줄이 달라질 뿐 아니라, 엔진교체, 심지어 기체재조립의 방법으로 항상 새 비행기로 운영되기 때문에 항공기 이상으로 인한 사고는 극히 적다고 보면 된다.

또한 공중에 체공하여 있기 때문에 자동차처럼 세워놓고 고칠 수가 없질 않은가, 그래서 주요계통에 대하여는 반드시 예비기능이 마련되어 있는 것이다.

예로, 정상적인 절차를 시도했는데 착륙바퀴가 안 나왔다면, 비상절차로 바퀴를 내리는 장치가 있고 그래도 안 나온다면, 활주로에 미끌미끌한 폼을 뿌리게 하고 동체착륙을 하면 된다.

비행기 밑 부분만 약간 긁히는 정도밖에는 손상이 없더라.

앞에서 언급했듯이, F-86F는 혼자만 타는 비행기다. 지금까지는 전부 교관과 함께 타는 즉, 복좌(2인승)였는데 이놈의 비행기는 좌석이 하나밖에 없으니, 비집고 둘이서 탈 수도 없고….

비행기가 이륙을 하기 위해서는 시동 후 이륙하기까지는 땅에서 굴러가는데, 이것을 택시(Taxi)라고 한다. 어린 새가 날기 위해 빠른 걸음으로 땅에서 걷다가 날듯이 시동 거는 것부터 이륙 직전까지의 연습을 몇 번 하는데, 단좌기인 관계로 교관의 감시와 지시를 받을 수밖에….

이때 교관은 밧줄로 몸을 묶고선 학생의 모든 동작을 감시하는데, 매미처럼 붙어 있게 마련이다. 그래서 약간 위험하기도 하다. 학생이 잘못 조작하면 달리는 비행기에서 땅으로 떨어질 수 있기 때문이다. 그래서 잘못을 하지 않도록 200% 안전을 강조하고 절차(procedure)를 암기시킨다. 뒤통수를 맞아도 술술 나오도록 말이다.

3명의 동기 중 군번이 제일 낮은 내가 마지막으로 이륙할 시간이 왔다. 담당교관님은 경상도 사투리가 아주 심하신 분으로 소문이 나 있었다. 서울 쪽 학생이라면 말귀를 잘 알아듣지를 못할 정도로 말이다….

두 명이 오전에 체이스(Chase) 비행을 나갔다.

학생이 먼저 이륙하고 3초 후 교관이 이륙하며 감시하며 비행하는 훈련, 한 마디로 바짝 붙어서 이래라저래라 조언받으며 비행하는 것이 체이스 비행이다.

주로 비상상황이 발생했을 때, 착륙을 유도한다든지 할 경우 사용하는 대형이다. 거의 날개를 겹치듯이 가까이 붙어서 비행해야만 똑같은 속도와 고도가 되기에 그때그때 적절한 조언을 해 줄 수가 있는 것이다

– 여기서 잠시 조종사의 자격에 대해 소개하고자 한다.

맨 처음 비행대대에 배속되면 자격이 "요기(wingman)"라고 한다. 허리 요腰자의 요기인데, 허리 옆에 붙어서 다닌다고 요기다.

좀, 무시해서 말하면 혼자서는 임무를 수행할 수 없을 때를 말한다. 메추리처럼… 가장 서러움을 많이 받는 초년병인 셈이다.

비행이 없을 때는 골방(?)에서 공부나 하고, 휴게실에도 눈치 보고 가야 하는 참 서러운 처지다. 우리는 Hungry pilot이라고 놀리기도 한다. 비록 외출 시에는 여자 친구 앞에서 어깨에 힘을 주겠지만….

다음 단계가 분대장(Element leader)이다. 옆에 요기를 데리고 다닐 수 있는 최소 단위의 지휘관이다. 대개 대위 때 분대장이 된다.

– 지금은 명칭이 바뀌었다고 함.

계급이나 비행시간이 많다고 되는 게 아니고, 현재 탑승하는 항공기의 비행시간(주기종시간)이 몇 시간 이상이어야 하고 소정의 승급 평가 비행에 합격해야 하는데 예를 들어, 폭탄 투하능력, 공중 전투 기동 능력 등을 평가하는데, 적진을 성공적으로 침투해서 목표물을 정확한 시간 내에 폭파해야 함은 물론 공중전에서 적기를 격추할 수 있는 능력을 갖추어야 하는 것이다.

한마디로 요기를 옆에 데리고 성공적인 임무를 수행할 수 있어야 한다. 그게 어디 쉬운 일인가. 요기까지 보호해 가면서 적기를 격추한다는 것이….

적진 침투를 좀 더 상세하게 기술하면, 정해진 시간에 이륙하여 침투경로를 따라 비행하다가 목표지점(폭격훈련장) 상공을 주어진 시간(T.O.T: Time of target)에 연습폭탄을 투하하고(대개 2발을 폭격~) 하고 귀환하게 되는데,

"평양, 미림비행장을 폭격하라!"라는 명령을 받았다고 가정하자.

기지에서 이륙하여 DMZ를 통과하여 곧바로 미림 비행장(목표)까지 간다면, 적의 대공포는, 지대공 미사일은, 레이더 기지는 잠자고 있겠는가?

우리와 마찬가지로 적들도 24시간 비상대기일 것이다. 그리고 공중에서 초계 중인 MIG기는 한눈팔고 있다던가(?) 그러한 상황을 가정해서 침투경로 중간에 가상적기를 출현시킨다. 이때 회피기동을 잘 해야 함은 물론, 회피기동 후 이탈된 침투경로를 제대로 찾아가야 한다. 문제는 저고도 고속비행이다. 자칫 경로를 벗어났다면 목표를 찾기도 어렵겠지만 지뢰밭 같은 대공 포화를 잘 견뎌 내겠는가? GPS가 잘 발달된 지금은 상황이 다를 수도 있을 것이다. 거기에다가 스텔스기능까지 갖춘다면 더더욱 다르겠지만….

날 잡아봐라 하고 눈에 잘 띄게, 레이더에 잡히게, 적당한 고도로 비행한다면 애당초 격추로 판정되어 불합격이다.

군사전술이란 무기체계의 발달 정도에 따라 달라질 수밖에 없는 것이다. 또한 항공기술의 발달은 그 나라의 과학기술수준을 보여준다고 볼 수도 있다. 가장 작은 사이즈이면서 성능은 극대화시키는 기술이며 모든 첨단기술을 선도한다고도 볼 수 있다.

우주를 향하는 그 기술이야말로 최첨단이 아니던가.

산악지형이 많은 북한지역에선 초저고도(?)로 고속침투를 해야만 생존이 가능하다. 물론 귀환 시도 마찬가지다. 폭격만 성공하면 뭐하나. 무사귀환을 해야 하기에….

목표 상공에서 정확한 폭격을 성공시키기 위해선, 가능한 노출시간을 짧게 해야 한다. 주변에 수많은 고사포, 대공포가 벌집처럼 포진하고 있기 때문이다.

아무튼, 분대장이 되기란 쉽지는 않다.

나도 몇 번의 쓴맛을 보고 합격해야 했다. 옆에 요기를 데리고 다니면서 임무를 수행한다는 것이 얼마나 중요한지 모른다. 때로는 요기의 목숨까지도 책임져야 하는 상황이 비일비재 하기 때문이다.

– 그다음이 편대장(Formation leader)이다.

참 멋진 이름 아닌가! 비행편대장, 전투기 편대장(!)이란 이름이.

분대장이 두 대의 리더라면, 편대장은 4대의 지휘관이다.

– 1번기 편대장,

– 2번기 요기,

– 3번기 분대장,

– 4번기 요기

대략 이렇게 편대가 구성되지만 국군의 날 행사 시의 선도 편대 같이 좀 특수한 경우에는 자격이 다를 수가 있다. 임무에 따라서는 다섯 대 또는 그 이상을 지휘할 때도 있다.

– 임무의 중요도에 따라서, 대략 1개 비행대대가 4개의 비행편대 이상으로 구성되어 있다고 보면 될 것이다.

그래서 비행대대는 육군과 비교하면 계급구조가 매우 높다고 할 수 있다. 그 당시의 대략적인 편성을 보면 중령이 2명 소령이 10여 명 대위가 10여 명 중위가 5명 이내로 구성되어 있었다. 물론 비행대대의 항공기의 기종과 항공기 대수, 임무에 따라서 인원과 편성에 약간씩의 차이는 있을 수 있다. 계급적으로 보면 소령들은 대부분이 편대장 자격을 가지고 있다고 보면 될 것이다.

– 다음으로, 교관 조종사(IP: Instructor pilot)가 있다.

편대장 자격을 가진 조종사 중에서 후배조종사(분대장, 편대장 포함)를 가르칠 수 있는 조종사다.

대개 선임 소령부터 중령들이 교관 조종사가 되는데, 이것도 시간만 되면 자동으로 되는 것이 아니라 상위 교관에게서 평가비행을 받은 후 합격을 해야만 자격을 얻을 수가 있는 것이다.

새로 전입해온 새내기들을 훈련시킨다거나 분대장, 편대장의 승급훈련, 그 외에도 위험하고 중요한 임무일 때는 교관 조종사를 투입한다(야간 비행 시 대함훈련, 기상악화 시 비상대기 등).

그야말로 최고 수준의 비행기량을 갖춘, 어떠한 임무에 투입되더라도 완벽한 임무를 수행할 수 있는 조종사 중의 조종사다. 대개 조종복에 지휘조종 휼장을 달게 된다.

요기들에겐 존경의 대상이요, 공포의 대상이다.
비행의 달인이라고 해야 하나.

야! 눌러! 눌러 기수를 누르란 말이야!

드디어, 내가 이륙할 시간이 다가왔다.

점심식사를 하시다 말고 신신당부를 하시는 것이다.

"니, 잘 봤나…? 처음 놈은 너무 상승각이 높았고 두 번째는 너무 낮은 기라, 그 중간으로 이륙 각을 유지하라꼬! 알것째?"

나는 오후에 첫 이륙이 계획되어 있는지라 교관과 같이 식당에 갔다. 그 자리에서도 교관님은 걱정이 되셨는지 오전의 두 학생들 얘기를 하시는 것이다. 그러니 식사가 제대로 되겠는가?

아니할 말로, 이륙을 해 봤어야 알지!

"그리고 말이다. 제일 좋은 이륙 자세는 앞산 등성이가 비행기 앞에 요~만큼 걸려야 되는 기라, 알것나?"

"알겠심니더~" 먹는 둥, 마는 둥!

오전에 먼저 비행했던 동기들은 제법 으쓱하는 자세다. 하긴 내가 못해 본 경험을 먼저 해 봤으니 그럴 만도 하겠지.

동기들이 낙하산을 메고 비행기 쪽으로 갈 때부터 나를 도와주고 있다. 헬멧 가방도 들어주고 내가 탈 비행기도 같이 점검해주면서 응원을 아끼지 않는다.

"야, 별거 아니니까, 긴장 풀고 잘해봐 파이팅!"

나도 손바닥을 힘차게 부딪치면서 애써 태연한 척….

내가 만일 잘못하면 게네들이 아무리 잘했어도 어차피 단체기합감이니까.

– 높지도 않고 낮지도 않게 상승각을 유지하라.

아무리 생각해도 알 수가 없다. 아직 못 해 봤으니까.

에라 모르겠다. 어떻게 되겠지!

활주로 중앙선에 똑바로 (활주로정대) 비행기를 세운 후, 최대출력을 넣은 상태에서 이륙 전 최종 엔진 계기를 점검했다.

모~든 계기는 정상이다. 엔진계기 이상무!

“Take off!!”

드디어 이륙명령이 떨어졌다. 브레이크만 띄면 이륙을 위한 도움닫기를 할 판이다.

단거리선수가 출발선에서 신호총 소리를 기다리는 짧은 순간처럼 잔뜩 웅크리고 있다가 총소리가 나기 무섭게 돌진하듯이 내달렸다.

‘상승각! 상승각!’을 유지하자고 되새기며 브레이크를 놓았다.

단좌기로서는 ‘첫 번째의 이륙!’이다.

선배 조종사가 말했다. 처음 타면 꼭 바가지 위에 타고 있는 것 같다고… 날개가 저 뒤로 있고 조종석만 앞으로 나온 꼴이다.

활주로를 힘차게 박차더니만, 이윽고 이륙속도로 속도계가 빠르게 지나간다. '그래 이때다!' 싶어 조종간을 당겼다.

마치 찌가 솟구칠 때 낚싯대를 낚아채듯! 그것보단 살~짝.

이륙을 했는가 하는 순간 급한 사투리가 리시브로 귀청을 울린다.

"야 임마! 기수 눌러! 눌르라꼬!"

이 순간 비행장 내를 순시하던 도중 지상에서 나의 이륙광경을 지켜보시던 비행단장님 왈, "웬 로케트가 발사됐나!" 하셨단다.

교관님의 다급한 지시에 기수를 누르니 앞산 허리가 저 아래 보이는 것이다. 이륙자세 불량(!)이다. 너무 자세가 높았던 것이다.

그렇게 해서, 표주박 위에 올라탄 나는 좌측선회를 하면서 고도를 상승하고 있었다.

"경계! 잘하고, 연료계기 엔진 계기 체크 잘 하라꼬-!"

"제발, 잘 좀 하그래이!"

아직도 이륙 시의 위험했던 자세에 화가 덜 풀린 교관님의 무전이다. "Roger!" 대답은 간단하다. 교관님의 잔소리를 뭉개버리려는 듯….

공중경계는 시계비행(전투기는 대부분 시계비행)을 하고 있는 한 필수사항이다. 정면은 물론 좌, 우, 위, 아래 3차원의 공간이라서 범위도 넓다.

두 대로(분대 대형) 비행할 때는 다른 항공기의 위, 아래를 봐줄 수도 있는데, 단기로 비행 시는 가끔씩 좌, 우로 조종간을 심하게 움직여,

바로 밑에도 확인해야 한다.

저 멀리 좌측 하방에 여객기 한 대가 착륙을 하기 위해 내 비행기 밑으로 지나가고 있었다.

"Left 10, one bogey low!"라고 배운 대로 보고 했더니, 이 양반, 투박한 사투리로

"오데? 뭐가 있다꼬?" 하시네.

서로 빠른 속도로 지나가는데, 그 자리에 가만있을 리가 있나요?

"방금 저 아래로 지나갔심더!" 했더니만,

"야! 지나간 거 얘기하지 말라꼬!" 면박이다.

"Roger!" 내 딴엔 큰 발견이라고 말씀드렸더니만….

천안 상공인가에 도달하여 계획된 훈련을 몇 가지 실시하고 있는데 그만하고 돌아가자고 하신다. 처음 타보는 전투기인지라 좀 더 내 마음대로 조종하고 싶었지만 기지로 귀환하자는 말씀이시다.

"저 멀리 비행장 보이재?"

막연하게 저 멀리다. "예? 오데예?"

일부러 흉내를 냈더니만 냅다, 고함이시다.

"눈깔은 어디다 두고 왔나, 봐써? 몬 봐써?"

"Roger!"

– F-86F로 첫 이륙이고 첫 착륙이다.

비행 중 가장 위험한 순간은 이륙단계이고, 가장 어려운 순간은 착

륙단계이다. 이륙 시에는 최대 출력이므로 연료가 엔진으로 가장 많이 분사된다. 또한 가득 실은 연료 무게로 최대 중량이며, 고도는 낮고 속도는 느리다. 자동차와는 달리 비행기는 저속, 저고도가 가장 위험하다.

이륙단계는 속도가 점점 증가하지만, 반대로 착륙단계는 속도를 점점 줄여가며 착륙속도를 유지해야 하는데, 다시 말해서 비행기가 뜨지 않도록 실속 속도(stall speed)가 되게 하는 것이다.

약간 살~짝 떨어지듯이 해야만 좋은 착륙이 되는 것이다.

– 착륙단계에서 조종사의 동공은 두 배로 확장된다는 연구결과도 있긴 하다.

그만큼 착륙단계가 어려워 두 눈을 크게 뜨고 집중해야만 한다.

속도 조절은 그렇다 치고, 활주로 중앙선에 똑바로 정대하고 서서히 조금씩 강하 각을 조절해야 한다. 무풍일 때는 그렇다 치지만, 옆에서 바람(측풍)이 분다든지 순간적으로 불었다, 말았다 하는 회오리(Gust) 바람이 분다면 중앙선을 맞추기가 쉽지는 않다.

제일 어려운 단계가 자세 변화다. 즉, 첫 땡김이라고 하는데 그대로 곤두박질해서 활주로에 부딪힐 순 없지 않는가?

하강자세로 접근하다가 일정한 고도(첫 땡김 고도!)가 되면 약간 수평에 가깝도록 변화를 시켜 주어야 한다. 그리고 다시 가라앉으면 뒷바퀴가 활주로에 먼저 닿도록 마지막 땡김을 해서 접지하는 게 착륙이긴 한데….

– 활주로의 길이는 제트 비행장인 경우 대략 3km 정도다.

착륙을 어느 지점에 하느냐에 따라 제동거리가 달라질 수밖에… 착륙방향 쪽에서 1,000ft에 터치다운이 되게 조준하고 위와 같은 조작을 해야 하는데 파워조작과 조종간을 잘 컨트롤해야만 좋은 착륙을 할 수가 있는 것이다.

그래서 뒷바퀴 두 개가 "샤르륵!" 하고 닿는 기분(Hip pressure)은 날아갈 듯하다. 그렇게 해야 Good Landing이 된다. 만약 착륙조작이 잘못되어 앞바퀴가 먼저 닿는다면 어떻게 되겠는가?

'바운딩(Bounding)!'이라고 하는데, 심할 경우에는 비행기가 통통 튀게 된다.

굉장히 위험한 착륙으로 이때는 즉시 풀 파워를 넣고 재이륙(Go around)을 시도해야 한다.

– 착륙을 위해 활주로의 1,000ft 지점을 부딪치듯 강하하다가 첫 자세를 변화시키는 첫 땡김 고도가 착륙의 성공 여부를 결정하는데, 이놈의 첫 땡김 고도를 아무리 설명을 들어도 갸우뚱할 수밖에….

표준말로 상냥하게 모형비행기를 들고 설명해도 알 듯 모를 듯한데, 투박한 사투리로 "알 것나! 모리 것나!"로 욱박 지르니….

"안 되것다. 따라들 와!"

사다리를 가져오게 하더니만 학생 세 명을 데리고 2층 옥상으로 가신다.

"여기가 첫 땡김 고도인 기라! 이제 알겠냐!"

"…???"

비행장 상공에서부터는 날개를 부딪칠 정도로 옆에 바짝 붙어 고도, 속도 등을 불러주신다. 나란히 비행하니까 교관 비행기의 고도, 속도나 내가 탄 비행기의 고도, 속도나 같으니까 고도가 높다! 속도가 많다! 하면서 즉각적인 조언을 해 주신다.

첫 번째 착륙치고는 그런대로 교관님 맘에 드셨나 보다.

매번 할 때마다 다를 수밖에 없는 것이 착륙이다. 왜냐하면, 그날 그날의 온도, 바람, 공기밀도에 따라 세밀한 조종기술이 요구되기 때문이다.

한 마디로 이륙은 엉망인데, 착륙은 무난하다는 것이다.

훈련의 강도는 점점 높아만 갔다. 이번엔 교관이 먼저 이륙하고 학생이 10초 후에 이륙해서 교관 비행기와 집합(Join up)을 해서 밀집 편대대형을 유지하는 공중 집합훈련이다. 10초 간격이라지만 꽤 먼 거리다. 저만치 시커먼 연기를 뒤로하고 교관 비행기가 보인다.

"빨리 와서 붙으라고!" 같은 속도로 가면서 각도를 조절해서, 안쪽으로 질러가면서 거리를 좁히는 것이다. 말은 쉽지, 좁혀가는 듯하지만 쉽게 접근이 되지 않는다. 처음엔 꼭 가까이 가면, 부딪칠 것만 같다는 생각이 들어 쉽게 접근을 하지 못한다.

"뭘 꾸물거려! 빨리 붙어!"

숙련된 조종사들은 90도 선회 전에 붙어버린다.

"야이! 찡꼬(비행기술이 낮은 친구)야! 이러다 날 새겠다" 이게 어디 호통 친다고 될 일인가?

– 실제로 조인업(Join up) 훈련을 하다가 공중 충돌한 사례도 있었다.

그날 비행 후 우리들 찡꼬 3인방은 별 희한한 훈련을 받았다.

자전거를 한 대씩 빌려 오라신다.

그리곤 대연병장에서 교관이 먼저 출발하고 대략 10초 간격으로 출발했다. 내가 마지막에 출발한 걸 본 교관님이 호루라기를 불며 "자, 집합!" 하시면서 육상트랙을 따라, 좌로 도신다.

F-86F와 저자

도회지에서 자란 앞서의 두 동기와 달리 나는 자전거 통학을 하면서 자랐기에 앞서 출발한 두 친구보다 내가 먼저 붙어 버렸다.

모처럼 별 희한한 자전거 집합 훈련에서 두서의 성적을 거두기는 쉬웠다. "야! 공중에서도 그렇게 좀 해 봐라! 자전거는 잘 타네…."

그해 총각파티,
로미오와 줄리엣으로 한평생!

정확한 년도는 기억이 잘 안 난다. 굳이 기억하려면, 할 수 있지만, 그게 뭐 그리 중요한가(28살 때인가 보다!). '총각파티'란 이름으로, 총각 숙소에서 독신으로 지내는 미혼들만의 파티가 전통적으로 있어왔다. 우린 총각들의 대표를 총각장(長)이라 부른다. 총각 중의 대장이니 쉽게 말해 노총각이다. 이 총각장의 파워(?)가 막강하다.

새로 전입해 온 총각 조종사의 방 배정서부터 총각 숙소 생활의 기강 확립까지… 시어머니 같은 존재이기도 한다.

우린 그분을 야간 비행단장이라 부른다. 그분의 심기를 즐겁게 해드리기 위해서, 가끔은 모시고 술대접을 하기도 한다. 그래도 심기가 뒤틀리면 "총각 집합!"이다. 때론 단체기합도 받지만, 단체로 술집 출입도… 노총각 히스테리도 무시할 수 없더라고요.

그러니 누가 시집을 오겠나!

그 해의 총각 파티는 내가 주관하도록 임무를 부여받았다.

"제가 좀 바쁜 일이 있어서요…"

슬그머니 거부 의사를 비쳤더니만

"임마! 하라면 해! 사내자식이 웬 잔말이야!"

더 이상 대꾸할 수 없는 분위기다.

"실시!"

조종사들은 해가 떠 있는 낮 시간은 비행장 밖을 나갈 수 없었다. 주간 전투기라, 일출에서 일몰까지는 비행을 하 든 안 하든 영내에 있어야 한다. 가끔은 불시에 "전 조종사 비상소집!" 과 같은 예고 없는 명령이 하달되기 때문이다.

"전달! 전달! 15시 00분 현재 전 항공기 출격훈련 발령!" 요란한 경고음과 함께 확성기에서 2~3회 연속으로 울려 퍼진다!

다행히 비행대대나 이글루(Igloo: 격납고) 가까이서 운동이라도 하고 있었다면 비행기에 재빨리 탑승할 수 있지만, 이글루와 멀리 떨어진 식당이나 BX 같은 데 있었다면, 눈앞이 노래질 정도로 달리거나, 지나가는 찝차를 누가 타고 있던지 따질 것 없이 무조건 세워서 타거나 해서 미리 정해진 비행기까지 갈 수밖에….

가끔은 이발소에서 머리 깎다 말고 갈 때도 있다.

대부분 이륙은 않고 이글루에서 시동 후, 활주로에 진입해서 이륙 준비까지만 하고 한 바퀴 되돌아오는 출격대비태세 훈련이다.

이것도 만만치 않다. 비행대대끼리 첫 출격(이륙은 아니지만)부터 그 대대의 마지막 비행기까지의 시간을 체크하여 비상소집응소상태와 대응능력을 평가하기 때문이다. 어디 가나 일등과 꼴찌는 있게 마련이다.

마라톤에서 한참 지나서 골인하는 선수도 있듯이 예고 없는 기습훈련 때는 한두 명이 늦기 마련이다. 이걸 그냥 둘 지휘관이 있겠나! 초속 대응을 그렇게도 강조해 왔었는데….

"도대체 대응태세가 엉망이야!!"

그러하니 부대 내에서도 어딜 마음 놓고 다니질 못했다.

이거 얘기가 좀 이상하게 흘렀고만, 죄~송!

시간이 없어 해가 진후에만 외출을 할 수 있다는 말을 하려다 그만… 아무튼 파티를 하려면, 적당한 장소를 우선 물색해야 하고, 총각들끼리, 남자들끼리 무슨 재미인가? 술만 마시고!, 그래서 파트너를 구해야 한다. 아가씨들이 있으면 모두들 점잖해 지더라고.

여자 친구가 있는 사람도 그때 만큼은 단체로 모시고 온 파트너와 짝을 이뤄야 한다. 명령이니까!

총각숫자만 30여 명! 어디서 이 많은 女性들을!?

장소는 도청 근처의 대형 중국음식점 2층을 통째로 빌리기로 했지만… 파트너를 구하기란….

별별 아이디어가 다 나왔다. 서울의 여자 대학교에 가서 알아보라,

학교 선생님들에게 물어보라는 등….

가까운 여자대학교 기숙사를 잘생긴 후배 총각을 대동하고 무조건 찾아갔다. 기숙사 사감이 앞을 가로 막으며 "미리 약속하고 왔느냐?"고 따져 묻기에 잠시 머뭇거리다, "그렇다!" 고 했다.

"누굴 찾아왔느냐?" 꼬치꼬치 따지고 들었다.

위기는 기회라고 하지 않았던가! 순발력과 융통성은 비행훈련으로 충분히 단련된 덕목이다.

"3학년 김○○이 내 동생"이라고 했더니, 학생 휴게실로 전화를 거는 것 같았다. 누가 받는지 수위 아저씨가 "김○○ 오빠가 오셨는데 좀 바꿔줘요."라고 하니, 잠시 기다리라는 눈치다. "김○○? 몇 학년이죠?"라고 전화받는 여학생이 묻는 것 같았다.

그런 학생이 있을 리가 있겠나? 순간적으로 지어낸 이름인데….

상황은 점점 난처하게 돌아가고 있었다.

순간, 약간은 화난 표정으로 좀 바꿔 달라고 언성을 높이면서 수위 아저씨로부터 낚아채듯이 전화기를 잡았다. 그리곤 얼른 후배에게 눈짓으로 수위 아저씨를 저만치 데려가라고….

아저씨도 잘못하다간 봉변이라도 당하겠다고 생각했는지 후배가 이끄는 대로 저만치 자리를 피하시더라고.

"여보세요!" 목에 힘을 주고선 마치 김○○ 학생의 오빠라도 되는 것처럼 말하자, 저쪽에선 "누구시죠?" 묻는다.

제트기처럼 빠른 속도로 여기까지 온 목적, 절박한 현 상황을 얘기하고 저 앞 빵집에서 기다리고 있을 테니, 꼭 좀 나와 달라고 했다.

그동안 양담배 한 대를 얻어 피우신 사감 아저씨가 아까와는 달리 웃으면서 와서는 동생과 연락이 잘되었느냐고 묻는다.

"예!~ 감사합니다! 안녕히 계세요. 아저씨!"

빵집에서 기다리길 30여 분, 옆에서 후배가 왜 안 오는 거냐! 바람맞은 거 아니냐! 보챈다.

"좀 기다려봐!, 옷 입고 뭐 좀 바르고, 그리고 한 명 더 데리고 오는 게 그리 쉽겠냐. 요 총각 놈아!"

"어~ 어~ 어~ 저기 온다! 왔어요! 선배님!"

내 말대로 2명이 나왔다. 간단한 복장으로….

의자를 바짝 당기며, 빵도 푸짐히 시켜 놓고서 이러 이러하니, 30여 명 동원할 수 있겠느냐고 물었더니, "글쎄요? 곧 방학이라 파티 때문에 기숙사에서 계속 머물 수가 없을 걸요?" 그도 그럴 것이 방학이고, 지방서 올라온 여학생들인데, 부모들이 그냥 두겠냐 싶었다. 실패(!)다. 빵값만 날리고 올 수밖에….

다른 대학도 마찬가지일 것 같아서, 다른 루트를 알아보기로 했다.

수소문 끝에 우연히 시내의 모 여고 출신 모임을 소개받았다.

여고를 졸업하고 대부분 직장인이거나 주부들로 구성된 모임의(들국화 모임이라나?) 대표를 만났다.

우린 나이가 대부분 20대 중반부터 30대 초반으로 언제든지 결혼을 할 준비가 되어있는 신체 건강한 대한민국의 대표총각들로만 구성되어 있다고 선전했다. 그러나 차마 총각장 나이 얘기를 말할 수는 없었다. 완전 아저씨, 40대에 가까웠으니….

그러하니 유부녀는 제외하시고(농담), 결혼 적령기 아가씨들로만 소개해 주시면 좋겠다고 사정사정을 했다.

몇 차례 실무협상(?) 끝에 15명 정도는 가능하다고 했다. 어쩔 수 없지 않겠나! 나머지 후배들은 각자 해결해야지. 혼자 참석하든 말든… 15명은 위로부터 선착순으로 하기로 총각장님의 재가를 받았다. 모~든 게 고참 순이니까… 찬밥도 아래위가 있는 법이다.

왜 하필 시내에서 하느냐고요? 비행장 안에도 파티를 할 수 있는 장소는 많지만(장교회관 등) 낮이나 밤이나 기지 안에서 사는데 기분이 나겠나?

중국집에는 유독 빨간색 치장이 많다. 중국 오성기처럼… 빨간색이 "액"을 막아준다나….

빨간 마후라와 같은 색이지 않는가? 빨간색은 정열! 충성심! 열정!을 뜻하지 않던가! 흔히들 빨간 마후라를 목에 두른다고 하질 않던가, 목은 또 어디인가? 목을 딴다고 하지 않는가! 즉, 목숨을 건 충성심(!)을 뜻하는 것이다. 더 이상 무슨 말이 필요한가!

파티의 생명은 마이크(앰프)와 조명으로 봤다. 그때의 마이크란, 잘 못 만지면 찌직 찌찌직! 귀청을 울리면서 분위기를 망치기 십상이다. 그리고 조명인데 파티장에 형광등 조명은 영 아니다. 번쩍번쩍 거려야 하고, 불그스레하면서 약간은 희미하게 분위기를 연출해야 한다. 그래야 젊은 여성들이 혹(!) 하지 않으리.

파티장인 중국 음식점 2층 인테리어를 완전히 바꿔버렸다.

주인 왕 서방이 놀라 자빠졌지만, 앞으로 단골로 할 테니 이해해 달래니까 뭐라고 혼자서 중얼거리더니만 그냥 넘어갔다.

위로부터 15명(고참 순)은 미팅 때처럼 공정하고, 공개적인 선택이 되도록 "뽑기"를 준비했다. 미리 짜고 했다간, 후환이 두려울 수밖에… 복걸복인 셈이다.

그러나 15위 이하에 해당되는 후배들의 반발이 거세졌다.

"도대체 이런 비민주적 처사가 어디 있느냐?" 후배 사랑은 어디 가고 자기들끼리만… 달래기가 쉽지 않았다.

"앞으로 선배 대우 못해주겠다!" 며 엄포(?)를 놓는 후배도 있었고….

찬물도 위, 아래가 있는 법! 너희는 젊고 싱싱하니 어디 가서 여자 하나 못 데리고 오겠냐! 이 머저리 같은 놈들아!

파티를 주관하고 파트너들을 섭외해 온 나지만, 미리 짜고 파트너를 선택할 순 없었다. 맹세코! 워낙 의심의 눈들이 많을 수밖에….

부대의 높은 분들에겐 비밀로 했다. 시내 중심가에서 파티를! 그것도 대규모(!) 로 참석한다면 허락을 해 줄 리가 없다.

보안상 취약하고 안전에 문제가 있을 수 있다고 할 것이다.

극도의 보안 유지를 하고 한두 명씩 시간차를 두고 파티장을 향해 각개 약진 앞으로!

대신, 파티비용 절감(?)을 위해 총각들이 자주 이용하는 유흥장 사장들에겐 슬쩍 귀띔을 해뒀다.

12월 23일 어디서 파티를 하니 참석하시라고… 말이 귀띔이지 반강제 초대인 셈이다.

– 술과 음료수, 안주는 기증품으로 충당되고도 남았음.

서서히 겨울 해는 저물어가고, 가로등 불빛이 시내를 밝히는 그 무렵, 중국집 2층엔 밴드의 팡파르(!) 와 함께 시작을 알리는 사회자의 목소리에 힘이 실리고 있었다.

"에~ 지금부터 오로지 순수한 총각들로만 구성된 총각 조종사 송년 파티를 시작하겠습니다!!"

"에! 다시 말씀 드리자면, 어디까지나 법적으로만 총각이라는 것을 솔직히 밝혀 두고자 합니다!!"

– 15명의 단체 파트너들과 따로 온 여자 친구들이 킥킥대든 말든….

"그럼, 지금부터 대망의 "짝짓기"를 시작하겠습니다.

사회자가 한 쌍씩을 소개하면 무대 앞으로 나오셔서 총각장 님께 인사를 드리고 적당한 위치로 자리하시길 바랍니다."

"그에 앞서 양쪽에 준비된 바구니에서 한 장씩, 행운의 짝을 뽑으시길 바랍니다. 각자 미남, 미녀를 기원하면서…."

웅성웅성 뽑기를 마쳤을 때, 맨 처음, "토끼와 거북이, 앞으로~!"

서로 어색할 수밖에, 아직 술도 한잔 안 들어간 맨송맨송한 분위기에 생판 모른 짝을 만나니… 맘에 안 들어도 어찌하겠는가?

"운명이다" 생각해야지…. "소똥과 고모라", "늑대와 토끼", "항구와 배", "가시와 장미", "미남과 미녀", "달과 별", "백마와 공주", "장갑과 양말", "하늘과 땅", "뱃사공과 처녀"… 등등 이런 식으로 호출되어 한 쌍씩 짝을 이루고 있었으니….

사회자인 나는 맨 마지막 남은 한 장을 집을 수밖에….

큰일 났다 싶었다…. 미인들은 이미 짝을 다 지어 파트너와 같이 있는 것 같았다. 내 님은 어디에? 이제 남은 한 장의 쪽지만 바구니에서 짝을 기다리고….

"에, 마지막 한 장, 마지막 파트너, '로미오와 줄리엣' '줄리엣! 앞으로!"

그런데, 순간 어디로 숨었는지, 한 명이 안 왔는지 나타나질 않는다.

줄리엣은 무척 실망했을 것이다.

키 크고 잘생긴 놈들은 다 빠져나가고, 마이크 앞에 서 있는 저 남자, 시꺼먼 얼굴에 잘 웃지도 않는, 정작 웃기면서도 본인은 무표정한, 사회자만 남았으니….

그때 저쪽에서 친구에게 몸을 숨기고 있던 '줄리엣'이 친구가 떠미는 바람에 앞으로 나왔다.

"여기 있어요!" 얼른 다가가 손을 잡고는 만세를 불렀다.

우렁찬 박수를 받으면서….

그렇게 시작된 파티는 목이 쉬고 온몸이 녹초가 되고야만 새벽녘에서야 막을 내렸다.

(파티 야기만 책 한 권 쓸 수 있음….)

그리 하야, 지금까지 줄리엣 할머니랑 잘살고 있다오.

– 아주 가끔씩은 후회가 들 기도함. 그놈의 잔소리 땜에.

앞서 총각 파티 얘기를 너무 길게 했나? 다른 에피소드가 생각이 난다. 총각들만 생활하다 보니, 자연히 지휘관들의 관심이 많고 간섭도 많았다. 사고를 일으킬 위험이 그만큼 높기 때문이다.

가끔 술집에서 시비가 붙어 파출소에 끌려가질 않나, 불려갔으면 얌전히(?) 조사나 받을 것이지, 왜 파출소 기물은 부수느냐고….

그 당시엔 조종사다 싶으면 조용히 해결해서 슬그머니 보내주기도 했다. 서로가 피곤하니까.

대부분 통금시간대라, 순찰차로 부대까지 모셔(?)주는 특혜를 받기도 한다. 늦은 시간에 택시 잡기가 어디 쉬운가!

아예 근처의 파출소로 가는 게 빠르다. 그래서 군, 경 아니던가요.

그래서 연말이면 과일 몇 박스라도 인사치레를 하곤 했다.

한번은 트럭을 잡아주는데, 숙소에 와서 거울을 보니 얼굴이며 옷이 온통 새까만 껌정 투성이다. 마침 연탄배달을 마치고 지나가는 트럭을 잡아주어 짐칸 위에 타고 왔으니….

더욱 지휘관들이 신경을 쓰는 것은 비행안전과 연관이 있기 때문이다. 아무래도 홀아비 생활이다 보니, 아침 저녁식사며 잠자리며, 방의 청결문제며 제대로 될 리가 없다. 또한 여럿이 같은 건물을 사용하다 보니 소음 문제 등으로 비행안전에 장애를 받을 수 있는 요인이 많았기 때문이다. 그러그러한 문제들을 해결도 해주고 애로사항도 들을 겸 해서 자주 독신자숙소를 순찰하시곤 한다.

총각들이야 사생활 간섭 같기도 해서 싫어하는 편이지만, 그분들 입장에서 보면 싫어도 어쩔 수 없는 일 아닌가.

한번은 야간 비행을 마치고 피곤한 몸으로 숙소에 와 보니, 덩그러니 침대만 있고 매트리스랑 이불이 없어졌다. 숙소 관리 사병 왈, 낮에 순찰오신 단장님께서 군용품을 사용하는 방의 물품들을 전부 수거하라고 불호령을 내리시고 명단을 적어서 가셨단다.(장교에겐 지급이 금지된 품목임)

한마디로 군용품 불법 사용죄(?)로 직권수거지시를 하달하신 것이다. 굳이 법적으로 따진다면 그렇다는 것이지.

다음날 위와 같은 죄목 하에 단장실로 불려간 3인방은 특별 외출(?)을 허락받고, 제공해 주신 군용차로 침구류 긴급구매를 위해 이불가게를 갈 수밖에…. 내 돈 주고 살려니 왜 그리 배가 아프던지.

월급 때 갚기로 하고 가불을 받아서, 단장님 지시인데 가불을 안 해 줄 수 있는감!

– 확실히 돈 주고 산 이불이 따뜻하더라고.

돈 얘기가 나온 김에, 그 당시엔 월급이 노란 봉투에 담겨져 나왔는데 겉봉투에는 별도로 공제내역이 적힌 종이가 붙어 지급되었다.

말이 월급날이지, 총각들 월급날은 외상값 갚는 날이다.

아예 월급날엔 단골 술집 수금원이 외상장부를 옆구리에 끼고 나타나신다. 그것도 몇 군데에서….

당나귀 뭐 떼고 뭐 떼면 남는 게 없다더니, 매달 마이너스다.

심지어 술값은 말할 것 없고, 비행장까지 타고 올 택시비까지 외상장부에 올리고 빌려준다. 어디까지나 믿음과 신뢰로, 그러고 보니 요즘 카드 사용하는 거랑 별반 다를 게 없지 않은가?

우리끼리 우스갯소리로 총각생활은 볼펜만 있으면 다 된다고….

그러한 마이너스 생활도 장가들면 말끔히 청산되는걸 보면, 빨리 장가갈수록 부~티 나게 사는 길임을 총각 여러분에게 남기고 싶네요.

물론 모든 총각들이 다 그렇다는 건 아니니 오해 없으시길….

– 결혼을 하고 나니 월급날엔 무척 신경이 쓰일 수밖에 없는 것이 월급봉투를 집사람에게 안 보여 줄 수가 없기 때문이다. 그래도 보여주자니 그놈의 공제 내역이 전부 노출되기 마련인데, 부내 내에 모여서 살다 보니 동기생들과 자연히 비교가 되기 마련이다. 그러하니 누구 집 아빠는 수령액이 얼마인데 왜 이것밖에 안 되느냐고 따질 땐 할 말이 없더라고, 거기에다가 비자금이라도 챙겨야 하니까 자연히 동기들과 서로 입을 맞춰 이중 봉투를 만들 수밖에….

한밤중 1호 공관 기습방문!

해당 지역의 최고 지휘관이 거주하는 관사를 흔히 1호 공관이라고 하는데, 비행단장의 관사를 말한다.

관사지역 내에서도 높은 곳에, 별도의 철조망으로 둘러싸여 접근이 쉽지 않게 되어 있다.

며칠 전 새로 부임해 오신 단장님은 무섭기로 소문이 자자하신 분이시다. 우리들이야 별로 가까이서 뵐 일은 없지만, 다른 지휘관 참모들은 벌써부터 꽤 긴장들을 하시는 모양이다.

아직 얼굴도 못 뵌 상태에서 전체 조종사들을 대상으로 훈시가 있었다. 날씨가 좋은 날엔 비행훈련 하느라 틈낼 시간이 없고, 주로 비오는 날을 활용해서 밀린 교육이며, 비상절차시험이며, 상부에서 하달된 문서 정리며… 주로 오후엔 전쟁(?) 같은 배구시합을 하는 등, 바쁘긴 하다.

"전 조종사는 지금 즉시 대강당으로 집합할 것! 의명 단장!"

단장님 얼굴을 처음 뵙는 자리다. 어디 얼마나 무섭게 생겼기에 그 소란들인가, 고참들은 슬그머니 뒷자리로 가서 앉고….

"야! 앞자리 놈들! 눈 크게 뜨고 말씀 잘 듣도록!"

시작도 하기 전에 분위기부터 잡느라 대대장들이 눈을 부라린다.

혹시 자기 대대원이 졸기라도 하면 불똥은 당신에게 튀니까.

– 에이 확! 졸아버려! 졸개들끼리 키킥대며 웃기도….

이윽고, 나타나셨다. 썬글라스 끼시고 우람하신 단장님!

그런 분치고 재미있게 연설하는 것을 본 적이 없었다.

– 주로 북한의 호전성 내지는 충성심 고취,

– 군인의 본분,

– 조종사로서 가져야 할 마음가짐,

– 본인의 오늘이 있기까지의 자랑 등등이더라고, 초반에 듣다 보면 그렇고 그래서 졸리는 건 당연하고….

갑자기 꽝! 하고 연단을 주먹으로 내리치시더니, "저기 너! 눈 감고 있는 놈!! 일어서봐!"

순간 분위기는 거의 공포로 변하고 말았다.

– 아이고, 한 놈 또 가는구나!

그 친구 해당 대대장도 일어서야만 했었다.

분명, 단장님이 잘못 보신 거다. 그 친구는 본시 눈이 작고 얼굴에 살이 많아 조는 것으로 오인한 것이리라….

"끝으로 나는 말이야, 머리 좋고 학교 성적 좋은 놈보다, 좀 둔해도 의리 있는 놈들이 좋더라고, 그런 놈들이 전쟁이 일어났을 때 목숨 아까운 줄 모르고 잘 싸운단 말이야, 알겠나? 이상!"

휴~ 훈시가 아니라 무슨 출정식 하는 분위기 같았다.

나는, 마지막 부분은 꼭 나를 지칭하는 줄로 착각했다.

– 머리는 안 좋아도, 의리 있는 놈이라….

훈시가 있은 며칠 뒤 토요일, 부대에서 저녁을 먹고, 선배 동기랑 얼마 전 신접살림을 차린, 같은 비행대대 선배 집을 급습했다.

– 신혼집에 대한 호기심도 있고, 술 생각도 나고….

조금 전 방에 불이 꺼지는 것을 확인 후 5분 정도 기다렸다가 급하게 초인종을 눌렀다. 아닌 밤중에 홍두깨처럼!

급하게 불이 켜지고 문이 열렸다.

싫지만 어쩌겠나! 얼마 전까지만 해도 같은 총각 신세였는데, "어~ 들어와!" 반기는 척 안 할 수는 없지. 신부는 당황해서 어쩔 줄을 모르고….

"술상이나 봐 오슈!"

우린 실실 웃어 가며 신혼집의 분위기를 부러움에 취해 술잔을 기울이고 있었다.

"이제 그만 일어서죠, 이분들도 할 일(?)이 많을 텐데…."

우린 신혼집을 나오다가 "여기까지 온 김에 1호 공관이나 한번 가봅시다." "O K!"다. 그 선배도 술김에 별 저항 없이 '렛츠고!'란다. 그런데 둘 다 어딘지를 몰랐다.

"저쪽으로 가 봅시다."

입구에 초병이 있는 걸 보니 맞는 것 같았다.

"정지! 누구십니까!"

신분을 밝히라는 것이다.

"음~ 수고가 많구먼, 이 분은 ○○대대장이셔!"

덩치가 남산만한 선배는 대대장이 되고도 충분했다.

그 선배 갑자기 무게를 잡더니 "야! 문이나 빨리 열라고!" 초병이 "필 승!" 하고 앞에 총! 자세로 탁! 하고 소리를 내며 경례를 허겁지겁 하더니 서둘러 철문을 열어준다. "그래~ 수고가 많구먼!"

이제부터가 큰일이다. 그 안에는 두 개의 집이 있는데 어두운 속에도 좀 크다고 생각한 곳으로 뚜벅뚜벅 걸어갔다.

밖의 초병에게 의심을 사지 않게끔 하기 위해서라도….

처음엔 떨리는 손으로 똑똑하고 노크를 했다. 한 번 더 똑똑! 반응이 없었다. 돌아갈까 하다가 초병에게 체면이 말이 아니지 않는가!

초인종을 길게 누르고 기다렸다.

현관불이 켜지고, 연달아 거실불이 밝게 켜지더니 호랑이 목소리가 울려 나온다. "어떤 놈이야! 이 밤중에!" 찔끔했다. 진퇴양난!

"필승!" 우선 목청껏 경례부터 하고 봤다.

"웬 놈들이야!"

"아~네, 총각 숙소를 대표해서 건의 사항이 있어서 왔습니다." 약간 누그러지신 표정이시다.

갑자기 안방 쪽을 향해, "여보! 여기 술 가져와!" 호령하신다.

건의 사항은 묻지도 않으시고 어디서 한잔하고 오느냐? 올 테면 일찍 와야지 하시길래, 사실은 지난번 훈시가 그 어떤 분의 훈시보다 너무나 감동적이어서 꼭 한번 찾아뵙는다는 게 이렇게 되었으니 용서해 주십사….

– 사회를 많이 봐서인지 말솜씨 하나는 빠지지 않는다.

칭찬엔 계급 고하가 따로 없는 법!

그분은 안주 없이 맥주잔에 죠니워카(양주)를 원샷으로 마시는 것으로 소문이 난 분이다. 안주도 없이….

사모님이 마시다 만 술병과 잔 세 개만 테이블 위에 놓고 가신다.

반 잔씩 따르니 끝이다. "자~ 마시자!" 말씀이 끝나기가 무섭게 우리들의 두 잔은 비워지고….

"어~! 이 놈들 봐라! 술 좀 하네! 여보, 술 더 가져와!!"

우리들 몸은 이미 술에 적응이 된 상태이고, 단장님 몸은 아닌 밤중에 홍두깨를 만나신 거고….

이리하여 한밤중의 1호 공관엔, 침묵 속에 애꿎은 빈 술병만 늘어가고 있었다. 비싼 술인디….

눈이 부셨지만 눈을 뜨기가 쉽질 않았다.

허리는 쑤시는 것 같고 등 쪽이 차가웠다. 몸 전체가 엄청 고통스러워 잔뜩 웅크리고들 있었다. 왠지 바닥이 딱딱하다고 느껴지는 순간, 끽! 하고 급정거하는 소리가 바로 옆에서 나는가 하더니만, 빵! 빠방! 하는 크락션 소리에 실눈을 뜨고 쳐다보니 대대장님이시다.

우리 둘은, 부대 안 하천을 가로지르는 도로 위에서 보도를 베개 삼아 자고 있었던 것이다.

마침, 일요일 통제관 근무를 하기 위해, 상황실로 출근하시던 우리 대대장께서 이 한심한 광경을 목격하고 말았으니….

"야!~ 이런 거지 같은 놈들아! 빨리 차에 타라고!!"

자초지종을 대라고 추궁했으나, 전반적인 상황을 알 수가 없었다. 기억이 나야 대답을 하든지 말든지 하지요….

그렇다고 1호 공관 얘기는 할 수 없는 것 아닙니까요….

어느 귀순 조종사의 얄미운 증언

그 당시의 북한의 레이더 감시기능은 좀 허술했던 것 같았다.

몇 번의 귀순사례가 있었지만 귀순 차단을 위해 우리 쪽으로 넘어오는 비행기를 공격을 했다는 얘길 들어 본 적이 없기 때문이다. 물론 대한민국으로 귀순을 결행했다면, 북한의 레이더 망에 안 걸리게 저고도로 비행해야지, 그렇지 않고서는 귀순도 못하고 고사포라든지 미사일에 의해 격추될 수 있기 때문이다.

일단 우리 영공에 들어와서는, 우리 쪽 레이더에 포착되도록 고도를 상승해야 한다. 만일 우리 쪽으로 와서도 저고도 고속으로 비행을 한다면 귀순의사가 없는 것으로 판단되어 격추의 대상이 될 수도 있다. 우리 전투기가 다가가면 속도를 줄이고 완만한, 선회를 하면서 날개를 좌우로 흔들고, 하는 절차를 통해 귀순의사를 확실하게 밝혀야지, 그렇지 못할 경우 즉각 조종사가 볼 수 있도록 MIG기 앞쪽으로 기관포로 위협사격을 가할 수밖에….

만일, 여객기가 아무런 보고도 없이 우리 영공을 진입해 했다면, 비상대기중인 전투기를 즉각 출동시켜 비행장에 강제 착륙시킬 수도 있다. 한 대는 여객기 조종사가 보이게 가까이 붙어 수(손)신호로 좌우상하를 비행하도록 지시하고 한 대는 전투대형 위치에서 언제든지 위협을 가할 준비를 하고선….

– 국제적인 룰이니까 너무 겁먹지 마시길….

여기서 수신호 때문에 혼쭐이 난 스토리를 안 할 수 없다.

초보자인 요기 시절이었던 것 같다. 그 날 임무는 주로 수신호로 의사를 주고받는 과목이었다.

이러한 훈련이 왜 필요하냐 하면, 평소 훈련 시에 같은 주파수대에 여러 대의 항공기가 투입되어 무전사용이 많을 경우, 말할 틈이 생기지 않는다. 이때 바로 옆에 붙은 요기에게 '항공기에 이상은 없는지?' '연료 잔량은 얼마인지?' '오일, 유압, 산소량은 얼마인지?'를 질문할 때에 수신호를 보내고, 또 수신호로 대답해야 한다.

이러한 훈련이 꼭 필요한 이유는, 평상시 훈련 때 무전계통의 고장으로 정상적인 방법으로는 의사소통이 안 될 경우에도 해당되지만, 특히 전시에 적들도 우리의 무전을 도청할 수 있기 때문이다. 일종의 통신 보안 내지 정보 보안을 위해서다.

– 실제로 적의 도청으로 인하여 전투에서 크게 승패가 갈린 전투사례가 전사에서도 많이 볼 수가 있다.

이륙한 지 20여 분이 지났을까? 편대장이 나를 가리키면서 손을 컵 모양으로 하고선 한두 번 마시는 수신호를 보냈다.

순간 나는 손을 세차게 흔들며 강력하게 부인이라도 하는 듯한 신호를 보냈다.

편대장은 알았다는 듯 고개를 두어 번 끄덕거리시더니 훈련을 즉각 중지하고 기수를 비행장으로 돌리며 강하를 하기 시작한다.

나는 그런가 보다 하고 따라갈 수밖에, 어차피 무통화 훈련인데….

착륙 때까지도 무통화로 한다는 것을 사전에 관제탑에 통보는 했지만, 비행장 상공에 진입해서는 관제탑에서 잘 보이도록 날개를 좌우로 흔들며, 무전고장훈련임을 다시 한 번 알려준다.

이를 확인한 관제탑은 착륙우선권을 확보해 주기 위해 다른 항공기의 착륙을 보류시키거나, 이륙을 위해 활주로에 진입하는 항공기를 일시 정지시켜주면서, 관제탑에서는 우리 편대에게 그린라이트를 몇 번씩 비춰주고, 활주로 통제탑에서는 파란색(Green) 연막 총을 쏘아 올려, 활주로는 아무 이상 없으니 안심하고 착륙하라는 신호를 보낸다.

이와는 반대로 바퀴(landing gear)를 안 내렸다든지, 접근 각도가 너무 낮거나 높다든지, 속도가… 등등 통제탑에서 봤을 때 착륙이 비정상적이면 즉시 빨간 연막을 발사하여 재착륙을 시도하도록 지시한다.

한마디로 좀 소란스러운 착륙을 한다고 할 수 있다. 나는 착륙 후에 별생각 없이 터들 터틀 낙하산을 메고선 비행대대 건물로 들어서는데, 편대장이 현관 앞에서 대대장께 좀 심각하게 보고를 하는 걸 힐끗 보면서 지나갔다.

비행을 하고 왔으면 그 지겨운 디부리핑(De-briefing)을 받아야 한다. 방금 실시했던 비행 전반에 대한 강평을 하는 것으로, 이륙단계부터 착륙까지의 전 단계에 대한 세밀한 체크가 이루어진다.

거짓말은 할 수가 없다. 녹음이 되고, 레이더 기지의 추적 영상이 있고 더욱이 편대장의 예리한 관찰은 속일 수가 없다. 비행했던 그대로 설명하고 벌을 받는 것이 오히려 편하다.

문제의 수신호에 대해 강평할 차례다.

"너 왜 아까, 내가 연료 얼마 남았느냐고 수신호로 물었을 때, 연료가 없다고 했어?"

아뿔싸!? 그게 연료 잔량 수신호!! "…."

침묵하고 고개를 숙이고 있는 그 순간, 딱! 소리가 머리에서 났다.

어디 한번 솔직히 대답 좀 해봐! 좀 부드럽게 물으신다.

"사실은 어제 술 마셨느냐고 물으신 줄 알고, 아니라고 한다는 것이… "에~레이 짜~씩! 한 대 더 맞고 수신호 해프닝은 종결됐다!

귀순기에 관한 스토리가 많이 벗어났죠?

그때는 심심하면 한 대씩 넘어와 우리의 방공태세를 굳건히(?) 하는 데 큰 역할을 했던 것 같았다.

– 최초의 귀순 조종사는 한국전쟁이 끝난 해인 1953년 9월에 김포공항으로 착륙한 21살의 노금석 중위였는데, 그 당시 우리나 북한이나 김포 공항에 착륙할 때까지 아무도 몰랐단다.

미군 병사가 못 보던 비행기가 내리기에 뭔가 하고 자전거를 타고 가서 보니 북한 조종사가 비행기에서 내리더라는 것이었다.

귀순을 하게 되면 군 정보당국에서는 당연히 귀순 동기, 귀순 경로 등 여러 가지 최신 정보를 획득하기 위해 심문절차를 거치게 되어 있다. 귀순 동기야 뻔할 것이고, 북한 조종사들의 훈련현황이라든지 생활상은 어떠한지가 우리들에겐 초미의 관심사항이 될 수밖에!

또한 지금까지 알려지지 않은 여러 가지들….

– 북한 조종사들은 단체로 여름휴가를 가는데, 보신용으로 ○○탕을 먹인다.

– 조종사들의 대우가 고위급 간부와 같다.

– 조종사와 그 부인은 자아비판을 하지 않아도 된다.

– 북한 조종사들의 비행시간은 연료 사정으로 우리의 1/3 수준이다.

– 조종사 부인은, 부부관계도 비행 전에 대대장에게 보고해야 된다.

그런 건 다 좋다고 치자,

– 북한조종사들은 매 비행 시마다 12등분 비행계획서를 작성해서 편대장 검열을 받고, 대대장 확인을 받은 후, 통과돼야만 비로소 비행을 할 수가 있다.

위 증언이 바로 얄미운 것이었다.

즉각 공군 수뇌부는 이 12등분 계획서야말로 철저한 비행준비로, 단 1분의 시간도 아낄 수 있을 뿐 아니라, 한 방울의 연료도 절감할 수 있다고 판단하여, 즉각 시행(!)을 전 비행대대에 하달하였다.

[12등분 비행계획서]라고 쓴 두꺼운 표지를 넘기면 5분 단위별로 시행해야 할 내용을 서술식으로 적어야 하는데, 이걸 작성하는데 만 최소 30분이 걸린다.

안 그래도 비행준비시간이 빠듯해서 미칠 지경인데, 이게 웬 벼락이람. 하루에 두 번 비행 시엔 이놈의 12등분 비행계획서 때문에 더 고단하다. 이륙하기 전에만 작성하면 좋게 내려와선 5분 단위로 실제로 실시한 내용까지 기록해야 하니 어찌 얄밉지 않았으리!

더욱이 분기별로 어느 비행대대가 가장 내실 있게 기록했는가 경연대회까지 했으니, 주말엔 밀린 12등분 쓰느라 외출도 못가기도….

나처럼 글씨를 잘 쓰는(?) 친구들은 그런대로 좋으나 너무 악필인 경우에는 대필도 해주었다. 밥 사는 조건으로….

급할 때는 남의 것으로 베끼는 웃지 못할 에피소드도 자주 있었다.

참모 총장의 지시사항이긴 했어도, 현실을 무시한 처사라며 몇 번이고 건의를 했지만 번번이 거절당하기 일쑤였었다.

– 세계 최강을 자랑하는 미 공군도 시행하지 않는 것을, 형편없는 북한 공군의 것을 본받다니….

그 뒤 참모총장이 바뀐 이튿날 "실시 끝!" 얄미움은 사라지고….

줄리엣 집으로 헌병 순찰차 타고 출동!

뭐니 뭐니 해도 군대 얘기보다는 여자 얘기가 재미있다.

그때 그 총각파티에서 인연이 된 줄리엣과는 진도가 빠르게 나가진 못했다. 비행기 속도와 달리 청춘 속도는 내 맘대로 낼 수가 없었다. 그도 그럴 것이 첫 만남부터가 그쪽에서 봤을 땐 영 별로였기 때문이다. 당연히 나로서는 파티의 진행에 신경을 써야지 파트너에게만 시간을 낼 수가 없었던 것이다.

더군다나 다른 친구들은 희희낙락인데, 혼자는 꾸어다 놓은 보리짝 신세였으니….

– 뭘 좀 아는 친구들은 헤어질 때 선물까지 줬다던데….

그 뒤 몇 차례 전화를 해서 만나자고 했으나 별로 내키지 않는 모양이다.

– 사무실에 일이 많다느니,

– 집에 일찍 들어가야 한다느니 하는 통상적인 시간 핑계다. 누군 시간이 많아서 그런 줄 아느냐고 고함이라고 치고 싶었지만 그럴 처

지인가 말이다.

애걸복걸해도 시원찮을 처지인데….

그렇다고 포기하기엔 그렇고, 곰곰이 생각 끝에 굳 아이디어가 떠올랐다. 이순신 장군님 시가 떠올랐던 그때처럼.

"잠깐만 내 얘기를 좀 들어 보세요! 다른 게 아니라요 이번 토요일 저녁에 비행장에서 금년도 우수 조종사에 대한 시상식이 있는데, 잠깐 시간 내서 꽃다발만 걸어주면 됩니다. 꽃다발은 다 준비됐으니까요."

은근히 내가 우수조종사가 된 것처럼 자랑을 하기까지….

저쪽에서 기억하든 말든 시간과 장소를 말해 주고는, 나는 시상식 관계로 마중을 못 나가고 대신 후배가 안내할 테니 따라서 들어오기만 하면 된다고 빠르게 말하고는, 저쪽의 확인도 없이 전화를 끊었다.

들릴 듯 말 듯 작은 소리로 "글쎄요~"는 들은 것 같기도….

토요일 밤, 그 시간은 우리 비행대대의 "송년의 밤" 행사가 있는 날이다. 2주 전부터 호랑이 대대장은 휴게실이건, 브리핑실이든 총각들만 보시면 파트너 타령이시다.

"이번에 파트너 없이 혼자 오는 놈은 다른 비행단으로 전출시켜 버릴 거다. 이건 농담이 아니야!"

이러하니 통 사정을 안 할 수 있나요!

파티(!) 하면 내가 중책을 맡을 수밖에.

비행하는 틈틈이 준비해야 할 것이 많기도, 파티복도... 새로 맞추고, 밴드도 빌려야 하고, 앰프, 조명, 술, 음료수, 음식 등등….

장소는 조종사 회관이 좋을 것 같다. 공간도 넓고 무대도 설치되어 있고, 기본적인 조명장치까지. 데코레이션만 좀 하면 될 것 같았다.

거의 매년 하는 행사이긴 하지만 새로 비행단장님이 부임한지가 얼마 되지 않았기에 다른 비행대대보다 더 재미있고 잘 노는 모습을 보여줘야 한다. 그래야 대대장을 중심으로 사기충천한 모습으로 비춰지기 때문이다.

– 어느 해인가는 참모 총장께서 전 비행단을 순회하면서 파티를 잘하는 우수비행단을 선정하는 해프닝도 있었다. 잘 놀아야 잘 싸운다(!)고 했다.

그러니 대충 준비해서 될 일인가!

부인들은 또 어떠한가, 부부동반 참석이라, 지지고 볶고(죄송), 친정집에 연락해서 애기들 좀 봐달라고 부탁하고… 몇 가지 특별한 음식은 여럿이 모여서 준비하고, 거의 특급 호텔 수준이다.

– 이때 요리 솜씨가 부족한 새댁들은 제외시킴.

겨울의 짧은 해는 활주로 건너편 격납고에 걸리고, 파티장엔 은은한 조명이 밴드의 흐느적거리는 연주와 어울려 분위기를 띄우고 있었다. 일찍 도착한 후배 쌍쌍을 보니, 아차! 줄리엣 생각이 났다.

이크! 큰일 났다! 지금쯤 면회실에서 기다리고 있을지도 모르겠다는 생각에, 후배에게 빨리 가서 나를 찾는 미녀가 있으면 잘 안내하라고 일렀다. 시상식이 곧 있을 예정이라고!

"무슨 시상식요?"

"야! 잔말 말고 가기나 해, 딴소린 말고!"

대대장 부부를 포함해서 우리들 식구들은 거의 참석이 완료되고, 단장님 내외분만 큰문으로 입장하면 바로 팡파르가 울리며 파티가 시작될 판이다. 연신 입구 쪽을 보면서 밴드와 눈을 맞추고 있을 때, 힘차게 양쪽으로 문이 열렸다!

"빤빠~빤~~~!!!" 힘찬 트럼펫 연주와 함께 팡파르가 울리는가?

어~! 어~ 소리가 들리면서 하하, 호호, 웃음소리!

후배가 줄리엣을 안내해서 급하게 들어오느라 문을 열어젖히고 들어선 것이었다.

나는 지체 없이 마이크를 잡고 "레이디 앤 젠틀맨! 저의 아름다운 파트너 줄리엣 양입니다! 박수로 환영해 주시면 고맙겠습니다!!"

우리들을 대표해서 우람하신 대대장의 인사 말씀 순서다.

– 내빈에 대한 감사,

– 올 한해 우리 비행대대의 자랑스러운 성과,

– 앞으로 더욱 단장님의 지휘방침을 따르겠다는 각오 등을 말씀하시더니 "끝으로 오늘 참석하신 총각파트너들은 별도 지시가 있을 때까지 한사람도, 한 발자국도 움직여서는 안 된다는 것을 특별히 명심해 주시길 바랍니다! 이상! 감사합니다"

총각들에겐 명연설이요, 파트너들에겐 신체적 자유를 박탈한 공포의 연설이었으리라.

줄리엣이 시계를 쳐다보면서 시상식은 언제 하느냐고 물었다.

나도 정확한 시간은 모르겠고, 아마 자정이나 돼야 할 것 같다고 얼버무렸다. 알 듯 모를 듯한 표정의 줄리엣을 데리고 대대장 부부에게 인사를 드리러 갔다

"최 대위보다 훨씬 낫구만!" 사모님의 듣기 좋은 말씀에 줄리엣이 처음으로 웃었다.

– "뭐 꽃다발만 증정하면 된다고… 우수조종사 시상식 좋아하시네!"

40년이 지났지만, 지금도 비아냥거릴 때가 있더라!

못들은 척 슬그머니 자리를 피할 수밖에….

이놈의 파티, 시작했다 하면 새벽에 끝난다니까.

집까지 바래다주겠다고 했다. 그 당시엔 통행금지가 있어서 해제 시간까지는 다니는 차가 거의 없었다.

집이 어딘지 몰랐지만, 일단 정문을 나섰다.

차가 안 다니는 도로를 따라 걸으며 이런 저런 얘기를 하다 보니 대략적인 신상파악을 할 수 있었다.

서로의 부모님 얘기, 형제자매, 자란 동네 등….

조종사 생활에 대해 묻기에, 땅에서 일상생활하는 것보다 안전하고, 월급은 밝힐 수는 없지만 충분하게 쓰고도 남을 뿐 아니라, 저축도 많이 한다고 했다.

비행기 한 대 값이 얼마인데, 대우가 나쁘면 되겠느냐고 반문까지 해 가면서…. 그리고 비행하고 비상대기하느라 술 마시러 나올 시간

도 없어, 돈 쓸 시간이 없다 보니 저축도 좀 했으며 통장을 볼 때마다 보람을 느낀다고 묻지도 않는 얘기까지….

암튼 돈 얘기를 좀 강조한 것 같았다.

– 사랑 앞엔 거짓말도 술술 나오더라고.

슬그머니 손을 잡았다가 뿌리치면 놓기도 하고, 술이 덜 깬 척 기대기도 하고, 걷다가 피곤하면 좀 쉬었다 가자며 가게 앞 의자에 앉아 잠시 쉬기도 하면서, 우리의 첫 번째 데이트는 그렇게 비몽사몽간에 진행되고 있었으니….

저~기가 집이니까 그만 돌아가라는데, 집 앞까지 간다고 고집을 부렸다. 이제 그만 좀 가라고 하는데도 들어갈 때까지 기다리겠노라고 버티고 있었다. 초인종을 누르자, 밤새 기다리기라도 하신 듯,

"야~! 너 누구랑 뭐하고 인제 오냐!"

칼칼한 고함소리와 함께 문이 열리는 찰칵! 소리가 났다.

어서 가라는 손짓에 알았다고 끄덕인 후, 붙잡힐 것만 같은 기분에 도망치듯 나온 후, 또다시 고난의 행군을 할 수밖에….

– 영화 같은 이별을 하고 싶었는데….

그런 후 줄리엣은 부모님, 특히 엄마의 완고한 반대로 외출금지령이 내려지고, 집 전화는 손도 못 대게 했다니 이 무슨 얄미운 구박인가!

– 지금처럼 통신 수단이 발달하지 못했음.

나도 낮엔 비행하랴, 야간엔 단골 술집 순시(?) 하랴 그렇게 한가하

진 못했다. 그렇다고 저쪽에서 적극적인 것도 아니고, 저쪽 상황이 좀 좋아지기만 기다리는 수밖에는….

그러던 어느 날 직장이라면서 전화가 왔는데, 별일 없느냐니까 별일은 없는데 요즘 동네에 불량배들이 다녀서 불안하다는 것이다.

불량배라…! 용감한 군인 아저씨가 그냥 있을 수 없지!

드디어 군인 본색이 나올 차례가 된 것이다. 기회가 온 것이다.

그것도 상대 쪽에서 S O S를 보내지 않았던가 말이다. 그냥 있으면 남자의 자존심과 국군의 명예가 사라질 판이다.

토요일 오후, 고향 선배가 당직근무 중인 헌병대대를 찾아갔다.

"어~! 니가 여긴 웬일이야?"

"아~ 선배! 좀 도와줘야겠는데요!

간단하게 자초지종을 말한 후 순찰차 좀 쓰자고 부탁했더니만, 개인적인 용무로는 출동할 수 없다고 손을 내젓는다.

– "어차피 시내 순찰도 해야 되지 않느냐!"

– "고향 선배 좋다는 게 뭐냐!"

근무 끝나고 밥이나 먹자고 조르니, 한 시간 이내 귀대하는 조건으로 허락이 떨어졌다. 땡 큐! 선배.

어두울 때 바래다주긴 했지만 쉽게 찾을 수 있었다.

동네 입구에 이르자, 싸이렌을 울리라고 했다.

함께 탔던 헌병들도 부대 안에서 답답하게 있었던지, 영문도 모르고 신이 난 모양이다.

앞자리엔 짙은 썬글라스에 빨간 마후라를 두른 장교가 목에 힘을 잔뜩 주고 주위를 두리번거리고, 뒤에는 듬직한 두 명의 헌병이 하얀 철모에 M-1 소총을 수직으로 들고 꼿꼿이 앉았으니 그 위세에 어찌 동네 불량배들이 설칠 수 있단 말인가!

요란한 싸이렌 소리가 끝나는가 싶으면 뒷좌석 헌병들의 호루라기 소리가 다시 이어지고, 우린 특별한 대상도 없이 그렇게 동네를 두어 바퀴 천천히 휘저으며 불량배 소탕작전(?)을 펼치고 다녔다.

우리 차 뒤로는 동네 꼬마들이 우르르 따라다녔다.

이윽고 경적을 멈추고 오늘의 목적지인 줄리엣 집 안마당에 끼익! 하고 급하게 차를 세웠다. 놀란 식구들이 차 주변으로 몰려들었다.

일단 동네 꼬마들을 밖으로 내 보낸 후, 거만하게 차에서 내리면서 부모님에게 거수경례를 하고는 "혹시 집에 무슨 피해는 없느냐?" 물었더니 무슨 말을 하는지 모르시겠다는 표정이다.

"아~네~ 동네 불량배들이 많다는 신고가 들어 와서요."

부모님 뒤에 있던 줄리엣이 웃음을 참지 못하는 듯 저만치로 가고….

아버님이 "그런데, 군인차가 웬일로?" 하시는 거다.

"네~ 나쁜 녀석들 잡는데 군인이라고, 나 몰라라 할 수 있습니까? 어르신 물이나 한 잔 주십시오."

줄리엣이 물을 가져오자, 얼른 윙크를 했다.

"아니~ 그렇게 동네방네 요란하게 나타나면 어떻게 하느냐!"

애교 어린 전화가 왔다. 하는 수 없이 자초지종을 다 말씀 드렸다나, 그날 밤 파티에 갔다가 늦게 끝나서 걸어서 온 얘기며….

좀 분위기가 호전된 것 같다는 소식과 함께.

며칠 뒤 항공기 정비와 군수 지원을 총괄하시는 군수부장(대령)께서 나를 사무실에서 좀 만나고자 한다는 전갈이 왔다.

부임한지도 얼마 지나지도 않은 걸로 알고 있는데….

"똑 똑!" 웃으면서 맞으시는 걸로 보아 내가 뭐 크게 잘못해서 불려

온 건 아닌 것 같았다.

"으~음 다른 게 아니라, 사생활에 관한 문제이긴 한데…." 약간 말을 꺼내기가 거북하신 듯해서, 말씀하시라고 여쭈었더니. 줄리엣 이름을 대면서 아느냐고 하시드라고, 물론 잘 안다고 했더니 "어떤 관계냐?"고 하시길래, 잠깐 뜸을 들이다가 "에라 모르겠다!" 싶어 "좀 깊은 관계입니다." 라고 당돌하게 말씀드렸더니 약간 놀라시는 것이다.

– 그 시절엔 깊은 사이라면, 일단 상황 끝으로 간주하였음.

그런데 그건 왜 묻느냐니까, 웃으시면서 사촌 동생이라신다.

얼른 자리에서 일어나 허리를 숙이며 "잘 부탁합니다!" 하고 인사를 올렸다.

그런 며칠 후, 집으로 엄마가 좀 봤으면 한다고 연락이 와서 갔더니만, 대뜸 편지 오는 여자가 있다는 둥, 술을 자주 먹는다는 둥 아리송한 말씀을 하시는 게 아닌가, 참 귀신이 곡할 노릇이다!

– 분명 첩자가 있는 게 뻔했다. 사촌 오빠를 의심할 수밖에….

내가 직접 찾아가서 따지고 싶었지만, 계급적인 차이가 있어서 (대령:대위) 비행대대장에게 부탁을 드리기로 했다.

– 대대장님은 파티 때 봐서 줄리엣을 아시니까.

손은 안으로 굽는다고 대대장은 사촌오빠에게 나를 엄청 치켜세워 준 것 같았다.

– 비행기 잘 타고, 선배들에게 신임이 두텁고, 생활태도가 모범적이며, 장래가 촉망된다고까지… 차마 학교 성적은 얘기 안 하셨다는

말씀까지….

며칠 뒤 줄리엣이 밝은 목소리로, 엄마가 웬일인지 그 남자 괜찮은 것 같다고 하시더란다.

– 결국, 각론은 맘에 안 드나 총론은 무난한 것으로 결론이 났음.

나는 대대장님께 감사의 커피 한 잔을 올릴 수밖에.

분위기가 호전되자 외출금지도 슬그머니 풀린 모양이다.

외출 땐 술집 대신, 줄리엣 집을 찾기에 바빴다. 혼자서만 간 것이 아니라 동기, 후배 총각들을 몇 명씩 거느리고 다녔는데, 갈 때마다 사전에 충분히 사전 교육을 했다.

– 그쪽 부모님에게 내 PR을 확실히 할 것.

후배들은 부모님이 나타나시면 사윗감 하나는 참 잘 고르셨다느니, 이번에 큰상을 받게 된다느니 알듯 모를 듯한 말로 현혹을 시키기에 바빴다.

부모님께서는 긴가, 민가 하면서도 흐뭇해 하시는 것 같았다.

그러니 닭도 잡으시고, 담가온 술도 내오시고….

우리 일당들은 노래도 부르고 맘껏 스트레스를 날리고 있었다.

그러니 어떤 불량배가 주변을 어슬렁거리겠는가! 동네에 소문이 파다해졌다.

– 조종사들 땜에 동네가 평온해졌다나!

– 동네 불량배들을 소탕했으니, 이제 직장 차례다.

과장님을 바꿔 달래서 내가 누구 애인인데, 남자들이 누구 근처에 얼씬거리지 못하게 부탁드린다고까지 했다. 그래도 계속 추근대는 친구가 있으면 즉시 출동하겠다고 말씀드리니까 걱정하지 말랬다.

부처님 품에서 주님 곁으로

여름휴가로 오랜만에 고향마을로 부모님을 찾아뵈었다.

"야야! 비행기 탈 때 늘 조심해라, 낮게 천천히 댕기고."

어머니는 비행기 타는 게 위험하다고 들으셨는지 만나자마자 걱정이시다. "알겠는데요. 비행기는 낮게 천천히 다니는 것이 제일 위험해요!"

"그~랴~ 아무튼 조심해서 댕기거라!"

걱정이야 오죽하시겠냐. 자동차보다, 걸어서 다니는 것보다 안전하니 마음 푹 놓으시라고 몇 번이나 말씀드려야 했다.

하룻밤 자고 나면 으레 니, 나 좀 보자고 하시면서 장가 얘길 슬그머니 끄집어내신다.

"객지에서 장가라도 들어서 따뜻한 밥 묵고 다녀야지. 혼자서 거기 머꼬, 안 그래도 니 휴가 온다 캐서 저기 산 넘어 아가씨하고 맞선자리 마련해 놓기라, 아버지도 저리 아파 싼는 디 보고 가거라!"

– 안 그래도 동네에선 효자라고 소문이 난 사람 아니더냐.

어머니, 형, 중매하신 아주머니랑 택시를 타고 20분 정도 가서, 논두렁길을 좀 걷다가 작은 언덕을 넘은 후 드디어 기와집에 도착했다.

동네 꼬마들이 빨간 마후라를 맨 공군장교를 처음 봤는지 졸졸 따라다녔다. 옛날에 벼슬이라도 한자리 한 후손집인지 집이 고풍스럽고 꽤 넓어 보여 두리번거리고 있는데, 이쪽으로 들어오시라며 사랑

채로 안내하는 것이다. 다과상이 나오고 집안 대표격인 군청에 다닌다고 소개하시는 큰오빠가 손님맞이를 하신다.

"먼 길 오시느라 고생하셨네요. 집이 누추해서…."

– 나는 속으로 우리 집보다 훨씬 좋은데, 웬 누추라니….

– 방안에는 여동생이 직접 썼다는 붓글씨가 도배를 한것처럼 벽을 채우고 있었다.

"그럼 식사는 천천히 하고 술이나 한잔 하시지요."

큰오빠가 서먹한 분위를 전환하려는 듯 과감한 제의를 하시는 게 아닌가, 술이라면 또 마다할 수 없지, 형도 그렇고.

술상이 나오자, 같이 가신 어머니랑 중매하신 아주머니는 위채로 올라가시고 남자들만 셋이 남았다.

약간 한량 끼가 있는 형이 그냥 있을 수 있나. 선이야 잠깐 보면 되고 자! 건배부터 합시다! 위하여! 나는 참으로 어이가 없는 시추에이션에 어쩔 줄을 모르고 따라 주는 정종 잔을 비우기에 바빴다.

"자~ 이번에는 좌로 돕시다!"

"어이! 빨간 마후라 폼만 잡지 말고 노래 한 곡 해!" 아예 그쪽 오빠도 반말이다.

우리는 이곳에 온 목적을 망각한 채 술과 노래로 아까운 시간을 보내고 있었으니….

참다못한 윗방 마나님이 오빠를 호출하셨다. 우선 선부터 봐야 한다고, 하는 수없이 두 분은 나가시고, 나 혼자 사랑방에 남았다.

똑똑 들리는 듯 노크 소리에 눈을 떴다. 잠깐 졸았던 모양이다.

스르륵 미닫이가 열리더니 작은 술상을 조심스레 든 한복의 여인이 나타나 는 것이다.

- 이 도령 앞에 성 춘향?

순간 어떻게 해야 할지, 무슨 말을 해야 할지 몰랐다.

술잔을 내밀었더니 양손으로 공손하게 따라 준다. 홀짝! 마시고는 잔을 받으라고 주었더니 마실 줄 모른다며 사양이다.

얼른 손을 잡고 한 손으로 따라 주었더니 조금 마시다 만다.

"야~! 얼굴 닳아지겠다." 두 방해꾼이 문을 확 밀치며 들어오는 바람에 두 청춘남녀의 대화는 끝이 났다.

잠시 후 점심이 나오고, 우리는 칙사 대접을 받으며 산골을 떠나왔다. 집에서 기다리시던 아버지께는 잘 보고 왔노라고….

다음날 누이동생 친구와 미팅이 잡혔지만 난 몸이 아프다는 핑계로 하루 종일 뒹굴뒹굴하다가 휴가 날짜를 앞당겨 귀대해 버렸다.

– 더 이상 시골에 있다간 결혼 적령기의 처녀들에게 민폐가 클 것 같았다. 귀대 후 처음으로 장문의 서신을 시골로 보냈다.

"아버님 전상서"

불초 소생을 용서… 이실직고 하건데

사귀는… 비록 태생은 시골이나마…

장가는 도회지 여성과…

아버님의 뜻을 거역 하는 건 아니지만…

…

집안도 좋고 이쪽에서는 사윗감으로…

…

언제 올라오시면…

…

그럼 이만 펜을…

…

부디 만수무강….

19 . . .

불효자… 올림

※ 추신, 적은 금액이오나…

일주일 뒤에 어머니가 올라오시겠단다. 색시를 봐야 한다며….

비상 상황이 따로 없다. 아직 이쪽은 흔쾌히 승낙한 것도 아니고 그냥 지켜보고 있는 중인데….

한마디로 상견례를 하러 오시겠다는, 아들 가진 자들의 일방적인 횡포 아니던가. 비싼 장거리 전화로 한 달 정도 기다리시면 어떤가 하고 여쭈었더니 마구 화를 내신다.

– 아마 어떤 여우 같은 년(죄송)이 우리 아들을 홀렸는지, 확인을 하셔야 직성이 풀리신다고 두 분이 의견 일치를 보시고, 긴급파견을 결정하신 것 같다.

그렇다면 이쪽하고 담판을 지어야 했다.

평소 잔뜩 불청객들을 데리고 가서 민폐를 끼쳤던 것과는 달리 혼자서 그것도 빈손이 아닌, 처음으로 큰맘 먹고 과일이며 고기를 잔뜩 사들고 자신만만한 태도로 줄리엣 집을 찾았다.

– 세상에 선물 좋아하지 않는 사람 있던가! 그때 그 시절에… 웬일인가? 놀랄 만도 했을 것이다.

상황이 상황인지라, 그냥 나도 먹고 싶고 해서 좀 사왔다고 능청을 떨었다.

– 절대로 손에 뭐 들고 다닌 적이 없었음.

저녁을 먹고 과일도 먹었고 일어서야 할 시간이 다가왔다.

어둠이 용기를 준 것일까, "저~ 드릴 말씀이 있는데…" 하고 운을 띄우니, 무슨 말인데 그러냐면서 맘 편히 얘기하라신다.

그래서 어머님의 상견례 건을 말씀드렸더니, 얘 아버지가 들어오시면 상의해서 알려 주시겠단다.

"그럼 승낙하시는 걸로 알고 이만 돌아가겠습니다!" 일방적으로 통과 됐음을 공표해 버렸다.

일이 잘 풀리려고 했는지 집 앞에서 아버님을 만났다.

친구들과 술 한 잔하고 오신다며 왜 더 놀다 가지 일찍 가느냐 신다. 아군임이 분명하다고 느낀 순간, 토요일 건을 말씀드렸더니

"그래야지, 알았어! 걱정 말고 근무나 잘해!"

더 이상 장벽은 없다. 만사형통! Everything O K!!

– 살다 보면 이럴 때도 있는 법.

토요일 어머니를 모시고 의기양양 하게 집으로 갔다.

어머니는 좁은 시골집만 보시다가 큰집을 보시더니 연신 고개를 끄덕거리신다. 좋은 집안이라고 생각하시는 것 같았다.

나는 오랫동안 들락거렸던 사이라도 되는 것처럼, 주인 행세까지 하면서 과일 내와라. 밥 차려라! 말이 많았다.

마치 시골에서 시어머니가 모처럼 행차하신 것처럼, 줄리엣을 볶아 세웠다.

어머니가 너무 닦달하지 말라고 옆구리를 찌를 때까지….

드디어 본격적인 심문이 시작됐다.

"성씨가?" "최가입니다." 그쪽 어머니가 얼른 대답하신다.

"그럼, 같은 종씬데!?" 내가 얼른 나섰다. 같은 종씨긴 해도 "파"가 다르면 상관없다고 했더니 갸우뚱하신다.

"니 아버지가 아시면 머라고 할 긴디, 그 양반 충청도 양반이라…."
– 은근히 양반 자랑이시면서 넌지시 시골 아버지의 재가 사항임을 암시하신다. 나는 옆에서 요즘 도회지에는 그런 거 따지는 사람 없다고 일침을 가했다. 또 묻고 싶은 거 있으면 묻고 가자고 했더니만, 나이를 물으시더라고, 내가 얼른 대답했더니 "네가 왜 대답 하냐?"고 핀잔을 주시며, 손가락으로 갑자을축을… 꼽으신다.

"띠"가 또 맘에 안 드신가 보다. 얼른 내가 잘못 말했다며 한 살을 위로 올렸더니, "그래~에! 돼지하고 소하고는 궁합이 좋은기라!"

내가 안도의 한숨을 쉬는 순간, 줄리엣 어머님이 많이 참기라도 했다는 듯 "아니~ 나이를 속여 가면서 딸 시집보내고 싶지는 않습니다!" 하고 반격을 가해 분위기가 잠깐 어색해지는가(?) 했는데, 우리의 심문관은 그냥 웃고만 있으셨다.

시골로 내려가실 기차 시간도 얼마 남지 않아, 어머님은 인연이 되면 다음에 또 뵙자며 아리송한 말씀을 남기시곤 집을 나서자, 줄리엣이 집 밖에서 잘 가시라고 작별 인사를 하려고 하기에 얼른 손을 잡고는 기차역까지 동행하게 했다.

나는 역에 도착해서 표를 구입한 후 지갑에서 돈을 집어 줄리엣한테 주면서 엄니 손에 좀 쥐어 주라고 일렀다. 저만치서 보니까 받느니 마니 하면서 실랑이를 하더니만 겨우 전달이 된 것 같았다.

내려가신 지 얼마 후에 띄어쓰기 없는 장문의 편지가 날아왔다.

내용인즉, 같은 "종"씨 문제, "띠" 문제는 양반 출신께서 너그러이 양보가 되었으니 걱정하지 말라, 그 색시 맘씨가 보통이 아니더라고 하시는데 아마도 역에서의 뇌물(?)이 시골양반의 마음을 결정적으로 움직이게 하신 것 같았다.

결혼을 하고 나서도 역에서의 그 일을 몇 번이나 얘기하시더라고, 니 색시 맘씨가 참 좋더라고….

이제 결혼을 위한 마지막 관문이 남았다.

종교에 관한 문제다. 천주교 집안이니 성당에서 세례를 받아야 한단다. "세례"라니, 참 걱정이다.

난 사관학교 때 조계종 총무원장 스님으로부터 "수계"까지 받은 몸이 아니던가! 이미 부처님 명단에 올라있을 텐데….

그 힘들고 배고픈 시절, 수요일이면 법당에서 불공을 드리고 시루떡도 실컷 먹게 해 준 그런 부처님을 배반해야만 하는가, 갈등이 생기더라, 그렇지 않고는 결혼식(혼배성사)을 할 수가 없다니.

– 동기들은 내가 불교신자라는 것을 잘 알고 있다. "○○처사"

나는 사랑을 위하여 종교를 바꾸기로 했다.

– 자비로우신 부처님께서 용서해 주시리라 믿으면서, 주말이면 성당에서 보내는 시간이 많아졌다. 그야말로 꼼작 말라 신세가 된 것 같았다. 나는 무릎을 꿇는 것이 제일 싫었다. 딱딱한 바닥에 구부리고 앉으려니… 물론 잠깐이면 되긴 했지만, 옆에선 남자가 그 정도도

못 참느냐며 핀잔이다.

처음으로 성당을 가는 날이었는데 어떻게 하라고 절차를 가르쳐 주지도 않고 무조건 남 하는 대로 눈치껏 하라고 해서 알았다고 했다. 지금까지 눈치 하나로 살아온 몸인지라 자신이 있었는지라….

성가를 배우지는 못했어도 성가집을 같이 펼치고 입만 노래를 부르는 척하다가 어쩔 땐 소리를 냈다가 옆구리를 찔리기도 했다.

앞쪽부터 신자들이 앞으로 나가기에 내 차례가 되어 나가려는데 뒤에서 붙들어 잡는다. 그런가 하면 이번에는 안 나가고 가만히 있으려니 옆구리를 찔러 나가라는 것이다. 봉헌할 때는 세례를 안 받았으니 나가면 안 되고, 헌금할 때는 나가야 하는 것을 몰라서 생긴 해프닝이다.

한 달인가를 성당에 잘 다니는데, 우리 비행대대 대대 전체가 한 시간 정도 떨어진 다른 비행장으로 이사를 가야 했다. 전력 재배치가 된 것이다. 새로운 기지에 도착 하자마자, 할 일이 태산 같았다.

물론 출발하기 전까지도 많았지만, 우선 새로운 비행장에 대한 적응 훈련부터 해야 한다. 비행기야 똑같지만 활주로라 든지 각종 시설들이며, 이착륙을 할 때 시야에 들어오는 참조점 같은 것은 전 비행장과는 다를 수 있기 때문이다.

주말도 없이 정리하느라 바쁘게 돌아갔다.

"성당은 잘 다니고 있겠지?"

"그~럼! 걱정하지 마셔."

– 가까이 있을 때야 코가 끼여서 다녔지만 안 보는데 잘 다니겠는가.

그런 몇 달 뒤, 결혼식 날짜가 잡혔다고 연락이 왔다.

성당에서 혼배성사로 하는 것이니까, 부대성당에 가서 절차 같은 것을 잘 물어서 공부하고 오란다.

며칠 뒤 지난번에 까먹었다며 혼배 성사 전날에 세례를 받아야 하니 기도서를 달달 외워 오란다. 잘 알지도 못하면서 무조건 걱정 말라고만 했다.

군종 신부님께 여쭤보니 세례 전에 교리공부를 많이 해야 세례 신부님이 질문할 때 대답을 잘할 수 있다는 것이다. 어떤 신부님들은 일부러 까다로운 질문으로 떨어지게 하니 열심히 하라신다.

신부님이 주신 기도서를 열심히 외웠다.

비행하는 틈틈이, 동료들 눈에 안 띄게 조용한 방을 찾아서….

그랬더니 평소 공부 않던 놈이 웬 책을 저렇게 열심히 보느냐고 수근거렸다. 남의 절박한 사정도 모르면서….

복도에서도 중얼중얼거리며 다녔다.

"하늘에 계신 우리…."

– 주님의 기도

– 성모송

– 사도신경

– 봉헌기도 등, 시험 문제(?)에 나올만한 내용을 집중적으로 외웠다.

드디어, 세례 전 면담이 특별케이스로 신부님 방에서 있었다.

미소를 띠시며 반갑게 맞아 주시며 "그래~ 공부는 많이 했겠지요? 하시는데, 약간 걱정이 앞서더라고, 혹시 어려운 질문을 하면 금방 실력이 바닥날 테니… 이 면접이 통과돼야만 내일 혼배성사를 할 수 있다니….

'교리공부는 많이 했느냐?' '미사 참여는 매주 했느냐?'며 연속으로 질문을 하신다. 자신 있게 대답한다는 것이 평일에도 미사 참여를 했다고 하니 "그래?" 하시는 거다.

당신이 군종 신부로 계실 때는 평일 미사가 없었다고 하셨다.

내가 약간 오버 한 것 같았지만 입을 다물고 말았다.

– 분명히 아셨으리라 이 친구 거짓말을 하고 있는 걸.

본격적인 질문공세가 시작된다. 먼저 "주님의 기도" 해보셔요!

아주 달달달! 그것도 감정까지 섞여가며, 약간은 간절한 소망을 열망이라도 하는 연극배우처럼 하고 나서 고개를 들어 신부님을 뵈니, 좀 아리송한 표정이시다.

"다음 성모송!" 그것도 자신만만이다. 감정이 빠질 수 없지.

"은총이 가득하신… 빌어주소서. 아~멘!"

제스츄어도 좀 섞었다.

가득하다고 할 때는 두 손을 벌려 마치 가득한 것처럼, 마지막에 아멘을 할 때는 금방이라도 울먹일 것만 같이….

"좋아요! 그럼 마지막으로 군인이니까 군인의 기도 해보셔요!"

"…."

에엥? 그런 것도 있었단 말인가! 위기가 온 것이다.

다음 순간 나도 모르게 자리에서 벌떡 일어섰다.

"신부님! 하느님께서는 하늘에 계신 걸로 알고 있습니다! 저는 매일 하늘에서 지내고 있는 조종삽니다. 신부님은 땅에서 기도하시지만 저는 3만ft 상공에서 기도드립니다. 누가 더 하느님 가까이 있겠습니까!"

더 계속 하려는데 신부님이 이 친구 왜 그러지? 하는 표정을 짓는가 했더니 깔깔깔 소리 내어 웃으신다.

"내 신부생활 30년에 자네 같은 궤변은 첨이야! 내가 졌다 졌어!"

우리는 다정하게 식당으로 들어섰다.

신부님이 수고했다며 밥을 사시겠다며 근처 식당으로 가신다.

내일 혼배 하니까 반주로 한 잔씩만 하자시며….

더 이상 성당 얘기는 않기로 하고, 주로 비행기 타는 얘기를 물으셔서 나의 전공과목인지라 손짓까지 해 가며 신이 났다.

"아줌마 쏘주 한 병 더!"

- 한 병이 두 병되고 두 병이 세 병되고….

우리 둘은 오래된 친구마냥 어깨동무를 하고, 그 옛날 단골집을 찾아 시내로 나섰다. 볼펜만 있으면 해결되는 그 술집으로….

다음날 혼배성사(결혼식)는 취몽사몽 간에 진행되었다.

– 거의 부축을 받으면서.

신혼여행을 못 간 사연

그럭저럭 결혼식을 마치고 외출 때 단골로 다녔던 음식점에서 피로연을 하게 되었다. 1층은 신부 측 2층은 신랑 측 하객들로 좁은 식당은 발 디딜 틈이 없을 정도로 붐볐다.

나는 아래 위층을 다니면서 축하주를 받느라 피로한 줄도 모르고, 잔칫날 애들이 괜히 신이 나서 뛰어다니는 것처럼 이리저리 돌아다녔다. 가는 곳마다 한 잔씩 받아 마시며….

특히 멀리서 올라온 시골 친구들 술은 거절할 수 없었다. 누구 술은 받고 내 술은 안 받는다고 차별한다나!

식당 입구에 세워있는 화환을 보고 온 친구 왈, “니는 맨날 술만 처 묵나! 온 천지에 술집 꺼만 쌔삔네!”

내 사전엔 1차로 끝나는 법은 없다.

어차피 신혼여행은 내일 아침 기차로 예약이 되어있었고, 낼 아침까지는 시간이 충분하다.

2차로, 처갓집으로 가자고 친구들과 동기들에게 전달하고 먼저 가서 기다렸다. 멀리서 온 우리 친척들은 신부 측에서 집으로 모셔야 한다며 버스로 모셔가고….

옷을 갈아입는 동안 첫 번째의 바가지 긁는 소리를 들어야 했다.

– 아저씨! 술 좀 작작 드셔!!

노는 데야 빠질 수가 없는 것 아닌가!

신랑이 설치고 다니니 다른 사람들도 덩달아 신들이 날 수밖에….

– 부어라! 마셔라! 신랑을 위하여! 신부를 위하여!

이러다가 저 친구 첫날밤에 실수(?)하겠다고 판단한 고향 친구가 호텔 방을 잡아놓고 강제로 신랑 신부를 납치(?)하여 갔다.

– 성공적인 초야를 위한 우정에 깊은 감사를 올린다. 친구야!

다음날, 역으로 가야 할 시간이 다가와 허겁지겁 짐을 챙기고 커튼을 제치는 순간! 세상이 온통 하얀색으로 변해 있었다.

밤새 폭설로 인해 전국적으로 거의 모든 교통수단이 올 스톱이다.

호텔 창에서 바라다본 도로엔 개미 한 마리 얼씬거리지 않고 간간이 우산을 받쳐 들고 힘들게 걷는 사람들만 눈에 띄었다.

줄리엣이 집으로 연락하더니, 빨리 집으로 오라고 하신단다.

우린, 신사복에 구두, 한복에 고무신을 신은 채 푹푹 빠져가며, 업어 주기도 하며 추운 줄도 모르고 걷고 또 걸었다.

눈싸움도 하다가 눈사람도 만들었다가 미끄러지면 털어주기도 하면서, 첫 데이트 때 걸었던 그 길을 희희낙락거리며 걸었다.

– 첫날밤에 눈이 오면 잘 산다더라! 그치? 얼씨구 좋~다!

아전인수 격의 해석을 해 가면서….

집에 도착하니 웬 꼴이냐며, 얼른 옷부터 갈아입어라 신다.

다음날, 날씨가 푹 해서 인지 길이 뚫리고 차들도 다녔다.

이쪽 어른들도 시골 구경을 하고 싶다며 승용차로 같이 가자고 하신다. 신혼여행에 장인 장모님이? 그땐 비행기 면허증은 있어도 자동차 면허증이 없었다. 하는 수 없이 장인어른이 운전수가 될 수밖에….

– 남자는 앞에, 여자는 뒤에 누가 그렇게 자리 배정을 했는지….

장인어른 옆에 앉은 나는 별로 할 얘기도 없고, 마치 기합이라도 받고 있는 기분이었다.

이건 여행이 아니라 준 고문에 해당되었다.

– 올 때는 부부끼리 앉았더니 그렇게 좋은걸….

시골 사람들의 환영은 대단했다.

서울 색시는 어떻게 생겼을까? 얼마나 예쁘기에 자랑일까?

더욱이 동네 생기고 몇 번째 안 되게 자가용까지 타고 왔으니….

동네잔치를 해야 한다. 비행기 타는 잘난 아들이 장가들어 이쁜 며느리를 봤으니, 돼지도 잡고 푸짐하게 한턱 내야 하는 기라!

멀리서 사돈 내외도 오시고, 날씨도 쌀쌀하고, 방바닥이 따뜻하도록 군불을 계속 땠다.

우리들 신혼부부는 동네 사람들이 잘 볼 수 있도록 방문을 활짝 열어 놓고는, 방석 위에 마네킹처럼 자리를 지키고 있어야 했다.

– 손님들이 오실 때마다 큰절을 해가면서 서서히 방석이 뜨거워지기 시작한다. 앉아 있기가 힘들 정도로….

새색시가 몸을 비틀며 내 쪽을 보더니 어떻게 좀 해 보라고 싸인을 줬으나 달리 방법이 없다.

나는 색시의 손을 잡아 일으켜 세웠다.

아까운 청춘 뜨거워 죽을 순 없다. 우린 과감히 집 밖으로 나와 버렸다. 뒤에선 자리 안 지키고 뭐하는 짓이냐고 나무라든 말든… 저수지 쪽으로 나오니 속이 후련하고 상쾌함이 몸을 감싸 맸다.

휴~~우 진작 나올 걸 그랬지! 우린 영화에서처럼 손을 맞잡고, 한참 동안 저수지 뚝 길을 걸어 다녔다.

– 석양이 저수지 물을 붉은색으로 물들게 할 때….

– 작전과 훈련, 연합군과 합동군에 대하여

좀 놀았으니, 군사적 용어로 자주 사용하는 말 중에서 자칫 혼돈되기 쉬운 것을 소개하고자 한다.

우선 작전(Operation)이라는 말은 실제로 포탄, 폭탄, 총알을 발사할 때 사용해야 한다.

– 인천 상륙작전, 공비토벌 작전, 아덴만 여명작전 등.

이와 비슷하게 자주 사용하는 용어로 훈련 또는 연습(Trainng, Exercise)이 있다. 작전과는 달리 실탄을 사용하지 않고 하는 야외 기동훈련이나 컴퓨터에 의한 훈련, 즉 가상훈련을 할 때에 사용한다.

- 을지 프리덤 가디언 훈련, 탐색 및 구조훈련, 화생방훈련, 민방위훈련 등.

다음으로 자주 사용하는 용어로 연합군과 합동군이 있는데,

– 연합군(Combined Forces)은 두 나라 이상 다른 국가의 군대로 구성될 때이고, 한·미 연합군, 나토 연합군 등.

– 합동군(Joint Forces)은 둘 이상의 소속이 다른 군으로 구성될 때에 사용하는데, 육해공군 합동군, 해공군 합동 훈련 등.

여백이 좀 있어서 종이가 아까우니까 채우는 뜻에서,

– BX(Base Exchange)는 공군에서

– PX(Post Exchange)는 주로 육군과 해군에서 사용하는데, 그 이유는 전쟁 시에도 공군은 비행장에서 주둔하면서 작전을 하고 육군과 해군은 주로 이동하면서 임무를 수행하기 때문에 붙여진 이름이다.

– 어디까지나 참고사항임을 재삼 말씀 드립니다.

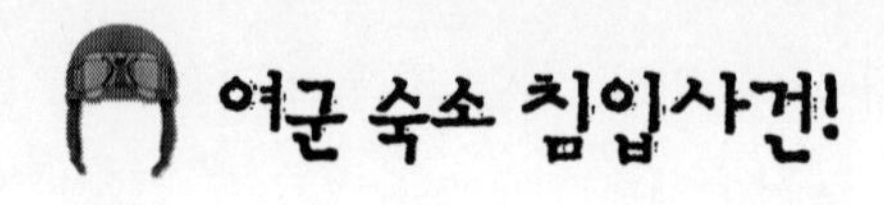

여군 숙소 침입사건!

군인만큼 다양한 경험을 많이 해보는 직장인도 드물 것이다.

그러나 민간인이고, 할 일 없는 백수 신세라고 한다면, 본인이 원하는 것을 해볼 수도 있겠지만 그리 간단하지만은 않을 것이다.

시간이야 난다지만 경제적인 문제 등으로 제한된 경험을 할 수밖에….

더욱이 직장인이라면 제한된 범위의 활동만 할 수밖에….

그런 면에서는 군인이라는 직업은 본인의 능력만 있으면 돈 한 푼 안 들이고도 많은 기회가 주어진다고 본다.

– 외국주재 무관, 국내외 대학 또는 대학원 위탁 교육 등 또한 육, 해군 등 타군에 대한 이해도 넓힐 기회도 주어진다.

○○기지에 위치한 해군 ○○함대 사령부로, 공군연락 장교 파견명령을 받고 혼자서 가야 했다.

– 신혼이긴 하지만 명령이니까.

전에 다녀온 선배들 말에 의하면 군함을 탈 때가 힘들더라나, 파도가 심할 땐 배가 요동을 쳐서 멀미도 나고… 암튼 고생되겠구나! 하고 일요일 저녁때 도착했다. 월요일부터 임무교대를 해야 하니까.

사령부에 도착하니, 같은 해에 임관한 해군사관학교 동기가 숙소에 3명이나 있어서 첫날부터 서먹서먹하지 않고 좋았다.

다음날 신고를 마치고 나니 수고하라는 말씀 외엔 별다른 지시도 없고 해서 그동안 비행하느라 지친 몸을 풀기엔 좋은 기회일 것 같았다.

임무야 뻔하지 않는가, 미식별 함정이 관할 해역에 출현했을 때 전투기를 출격시켜 해상작전을 지원한다든지, 실제 해상 교전이 발생했을 때 적함을 격침시켜야 할 전투 상황에서 사령관 및 체공 중인 전투기에게 조언을 해주는 것이다.

언제 일어날지 모를 상황 때문에 진종일 상황실에 있다는 것도 지루하고 그렇다고 달리 교대해줄 인원도 없어, 무전기를 들고 주변 해변도 가보기도 하고….

다음날 상황실을 들어서는데 복도에서 어젯밤 야간 당직 근무를 마치고 나오는 김 대위와 마주쳤다. 같은 학번이다.

"야, 들어갈 것 없어. 아무 일도 없으니 속초나 놀러 가자!"

"짜~식! 우찌 내 마음을 그렇게 잘 아노!"

둘은 하이파이브를 외치며 그 길로 사령부 밖을 나갔다.

– 그 친구는 비번이므로 당연한 외출이지만, 나는 근무지 이탈이다.

둘이는 걸어서 가기로 하고 두어 시간 걸린다는 속초까지 가되, 가게마다 들러서 막걸리 한 잔씩만 하기로 하고 힘찬 출발을 했다.

첫 번째 가게는 정문에서 조금밖에 안 가서 있었다.

"크~ 좋~다! 역시 막걸리야."

한번은 내가 사고 다음번엔 지가 사기로 공평하게 룰도 정하고….

주로 지름길로 가다 보니 논두렁도 나오고 흙길도 나오고, 생각보다 빨리 도착했다.

우린 뭐 특별한 목적도 없이 출발했으니 딱히 갈 곳도 없어, 구경 삼아 바닷가로 가서 어선들도 보고 어시장도 보다가 다방으로 들어갔다. 잠깐만… 하더니 그 친구가 다방 밖으로 나간다. 2층 창가에서 보니 길 건너 전당포 가게로 들어가더니 조금 있다가 돌아왔다.

나는 못 본 척하면서 슬쩍 손목을 보니 시계가 없어졌다!

그러더니 술이나 한 잔 더하고 들어가잔다.

그 당시 항구도시의 골목길 주점은 낭만이 있었다.

거친 동해의 파도와 싸우며 오징어잡이를 하며 밤새 힘든 시간을 보낸 어부들이 한잔 술로 피로를 날려버리곤 했던 그런 선술집들이 많았던 것 같았다.

퉁퉁한 주인아주머니가 군대 간 아들 휴가 나온 듯 반갑게 맞는 걸로 봐서 이 친구 꽤나 자주 왔던 것 같다.

나도 이런 취향의 분위기를 좋아한다. 촌놈 출신이니까.

오징어무침에, 막걸리에다, 맘 맞는 친구와 만났으면 더 이상 무슨 바람이 필요한가? 우리들의 영원한 우정을 위하여! 해군과 공군을 위하여! 처음엔 거창하게 출발을 하고 있었다.

쇠젓가락으로, 동그란 나무 술상을 얼마나 두들기며 얼마나 항구의 노래를 불렀는지 술상의 모퉁이가 떨어져 나갔다.

- 항구의 일번지, 목포는 항구다, 돌아와요 부산항에, 마도로스 첫 사랑….

두 무식한(?) 장교들이 본연의 임무를 망각한 채로 시간을 보내고 있었을 때, 처음엔 은은히 들리는가 했더니 점점 가까이서 요란한 싸이렌 소리가 들려왔다.

"요 근처 불이라도 났나?"

김 대위가 벌떡 일어서더니 "야! 빨리빨리! 비상이다. 비상!"

드디어 일이 터지고야 말았다.

몇 년에 한 번 터질까 말까 한 상황 발생이….

공군 연락장교인 나를 긴급히 찾기 위해 헌병 백차가 출동을 한 것이다. 헌병 장교가 한참을 찾았다며 투덜거리더니, 사령부로 우릴 찾았다고 무전을 날린다.

"가능한 빠른 속도로 도착할 것! 이상!"

"전탐 레이더에 특이한 물체가 포착되어 비상대기 전투기가 긴급 발진했답니다! 사령관이 찾으시고…."

– 우리 둘 다 비상연락 수단이 없었다. 그 친구는 비번이고, 난 상

황실에 들어가지도 않고 왔으니, 무전기를 들고 가지도 않았고….

– 내 탓이요! 내 큰 탓이로소이다.

허겁지겁 상황실로 가는 계단을 두 계단씩 건너뛰었다.

재빨리 현 상황을 파악하기 위해 공·지 통신망에 귀를 기울였다.

이륙한 지 한참 지났는지 별 이상 없으며, 연료 잔량도 적어 곧 귀환하겠다고 조종사가 공군 통제부에 보고하는 소리가 들렸다.

옳다구나. 나는 재빨리 작전지도에 현재의 초계위치를 그리고는 사령관께 보고를 드렸다.

"○○분 현재, 초계 중인 아 전투기는 특이사항 없으므로 곧 귀환 예정입니다. 이상 보고 마치겠습니다. 필승!!"

눈을 부라리며 곧은 자세로 목청을 높여 보고 드렸다.

"연락장교 수고했네!" 인자하신 사령관님이시다.

그 일로는 나한테 별로 시비하는 사람이 없었는데, 참모장이 화가 나셔서 "사령부내 전 위관급 장교는 지금 즉시 회의실로 집합!" 명령을 내리시고, 잠시 뒤엔 완전무장으로 기합까지….

– 잘못은 내가 하고 기합은 해군장교들이 받고.

도저히 미안해서 못 살겠다. 걔네들이 뭐라고 하진 않아도 말이다.

다음날 그 친구랑 몇이서 저녁을 먹자고 했더니, 그렇다면 우리끼리만 가지 말고 맘씨 좋은 작전참모님도 모시자고 했다. "O K!"

차는 작전참모 찝차로, 일과 정리를 마치고 출발하기로 했다.

저녁을 먹으면서도 어제의 일로 한동안 얘기가 오가고….

어제 그런 일도 있고 해서 오늘은 조용히 들어가자며 술은 조금씩만 마셨다.

좁은 찝차 안이다 보니 뒷좌석엔 네 명이 포개듯이 앉아야 했다.

더욱이 시골길이라 꾸불꾸불하고 오르락내리락해서 몸의 균형을 잡느라 이리저리 쏠렸다.

뒷좌석 모서리에 앉았던 나는 붙잡을 곳이 마땅치 않아서 무언가가 잡히기에 그걸 꽉 잡고 겨우 균형을 유지하고 있었는데, 다름 아닌 무전기의 송신 버튼을 붙잡고 있었던 것이다.

비좁은 집차의 뒷좌석에서 마땅하게 잡을 것이 없어 무의식결에 무전기 손잡이를 잡고 있었음

우린 노래도 부르고, 온갖 농담도 했다가, 드디어는 어제 기합을 준 참모장 욕설까지 하고 있었다. 군대에서 높으신 분 험담하는 게 스트레스 푸는데 제일로 좋다지 않던가!

우리는 차 안의 모든 대화가 실시간 상황실로 생중계되는 줄도 모르고… 참모장님을 화제로 희희낙락거리고 있었으니….

마침 상황실 근무를 순찰하기 위해 들른 참모장께선 뜻하지 않는 이상한(?) 중계방송을 듣지 않을 수 없게 된 것이다. 분명 본인의 험담을 이놈들이! 여과 없이 공중파로 날리고 있단 말이지….

– 어디, 들어오기만 해봐라!

사령부 영내로 들어온 총각들은 숙소 앞에서 내렸다.

그때, 낮에는 못 봤던 건물의 환한 불빛이 보였다.

"야~ 저 건물은 뭐하는 곳이야?" 하고 대수롭지 않게 물었더니,

○○야전 병원에 근무하는 간호 장교들 숙소란다. 그럼 여군장교들(?)이 거주하는 곳이랬다.

"그래~에 우리 저기 차나 한잔 얻어먹으러 가자!"

했더니만, 그곳은 금남의 집이라 사령관님 허락 없이는 출입금지란다.

"그래~ 그렇다면 나를 따르도록!" 앞장서서 그쪽으로 갔다.

뒤에서 오든 말든, 가까이 가보니 철문은 잠겨 있고 사방엔 철조망으로 둘러쳐져 있어 들어가기가 쉽지 않아 보였다. 가만히 보니 비가 오면 물이 흘렀던 곳엔 철조망이 약간 공간이 있는 것 같았다. 뒤에선 못 들어간다며 그만 숙소로 가잔다.

유격훈련은 어디 가서 써먹나!, 낮은 포복으로 철조망 밑을 바짝 통과하는가 했더니 등이 따끔했다.

철조망의 뾰족한 부분이 조종복을 뚫고 등살을 찌른 것이다.

아야! 소리도 크게 못 내고 옷이 부~욱! 찢어졌어도 전진만 했다.

– 오로지 커피(?)를 위해!

"야 아! 괜찮나?'

대답도 않고 발소리를 죽여 가며 불이 켜진 방의 창가로 갔다.

약간 열린 커튼 사이로 편안한 자세로 책을 읽고 있는 여군을 발견했다. 잠시 어떻게 침투(?) 사실을 알릴까 하다가 창을 가볍게 두드렸다. 잠시 책을 내려놓는가(!) 하더니, 어둠 사이로 어렴풋이 불시의

침입자를 발견했는지 밖에서도 들릴 정도의 큰소리로 "악!!" 하고 비명소리를 지르더니 복도 쪽으로 나가는 것 같았다. 웅성웅성! 복도 불이 켜지더니 몽둥이를 들고 다니는 모습도 눈에 띄었다.

나는 이러지도 저러지도 못하는 진퇴양난의 포로 신세가 되고 말았다.

이거 잘못 하다간 봉변을 당하겠다고 판단되어 현관문을 노크했다. 밖에서는 영문도 모른 채 빨리 문 열라고 아우성이다. 상황 파악도 못하고서….

"누구세요!" 약간 묵직한 목소리가 들리더니 현관문이 열렸다.

그쪽도 좀 놀라는 듯했다.

"이거 죄송합니다만 커피 한 잔 주실 수 있습니까?"

다음날 우리들은 전부 참모장실로 불려 갔다.

어젯밤 여군숙소 침입사건이, 병원장의 항의로 사령관에게 보고된 것과 무전기(?) 사건 두 가지 때문에… 기합받은 지 불과 하루 만에… 자체기합이야 주면 된다지만, 병원장이 육군본부에 이 사실을 보고해야겠다고 펄펄 뛰더란다.

공군을 앞장세워 해군이 뒤에서 지원하고 육군을 쳐들어왔다고!

웃음을 참느라 혼이 났다. 그게 바로 합동훈련 아니던가?

이 사태를 책임질 사람은 나밖에 없다고 판단하고, 참모장님께 해군장교들에겐 아무런 잘못이 없음을 말씀드렸다.

어떻게 해결할 것인가? 물으셔서 일단, 제가 직접 병원장실로 찾아뵙고 용서를 빌겠다고 말씀드렸더니 아무 대답이 없으시기에 단독으로 갔었다.

"정말 죄송합니다! 죽을죄를 지었습니다!"

나는 병원장 앞에서 최대한 부동자세를 취하며 말씀드렸다.

"어젯밤의 충격이 너무 커서, 오늘 아침 우리 애들이 출근을 여태 안 하고 있단 말이에요! 어떻게 책임질 거요? 예?"

그 순간 나는 남자의 자존심을 버려야만 했었다.

– 살기 위해서는, 이 얄궂은 사태를 해결하기 위해서는….

얼른 철버덩 무릎을 꿇고는 "병원장님! 이 모든 책임은 저에게 있습니다. 어찌 더 이상 군 생활을 할 수 있겠습니까! 즉시 전역신청을 내겠습니다!"

고개를 잔뜩 숙이고 반성을 하고 있는데 키~긱! 하면서 웃음을 참는 듯한 느낌을 받았다. 고개를 드니 조금 전과는 대조적인 얼굴이다. 명찰을 보니, 최 ○○소령이다. "누님! 감사합니다!" 같은 종씨였던 것이다. 다음 순간, 손을 덥석 잡고 악수를 했더니만 나의 기습적이요 어이없는 행동에 실소를 금치 못하시는 거였다.

철부지 막내 동생같은 나의 행동이 가여웠는지 잠시 후 병원장이 참모장께 전화로, 본인이 잘못을 뉘우치니 용서해 주겠다고 하시는 거였다.

일단 사태는 진정 되었으나, 장난기가 발동했다.

"병원장님!" 하고 심각하게 불렀다.

"저야 앞장섰다지만 뒤에서 지원한 그 친구들도 잘못이 있지 않습니까?"

"그야 그렇지요." 그 친구들도 여기 와서 용서를 구해야 공평하지 않습니까! 제가 알아서 할 테니 지켜만 봐 주십시오!

상황실로 전화를 해서 한 친구를 바꿔 달라고 했다.

현재 상황이 어떻게 진행이 되느냐고 걱정스레 묻기에, 여기 와서 보니까 생각보다 사태가 심각하니 지금부터 내가 시키는 대로 진지하게 행동하라고 했다.

이쪽에서는 틀림없이 해군장교들이 공군을 앞세워 육군을 공격한 것으로 생각하고 있는데, 정작 해군장교들은 코빼기도 안 보이느냐며 괘씸해 하고 있더라….

그랬더니 잠시 회의 후 알려 주겠다기에, 나는 회의는 무슨 회의냐며 화를 내고는 즉시 완전무장으로 이쪽으로 뛰어오면 그 다음일은 내가 알아서 하겠노라며, 그 대신 구보태도도 똑바로 하고… 알겠어! 지금 즉시 출발 하라고! 다급하게 말하고는 전화를 끊었다.

전화를 듣고 있던 병원장이 웃으면서 그럴 필요 없다기에, 이참에 해군장교들 군기 좀 잡아야 한다면서 옆에서 보고만 있으라고 했다.

– 지나 잘할 일이지.

그 친구들 날씨도 더운데 완전무장으로 언덕길을 뛰어 오느라 병원 앞에 도착했을 땐 땀투성이였다.

나는 마치 병원장인 양, 정렬해있는 해군장교들 앞에서 경례 연습도 시키고 열중쉬엇! 차렷! 해가면서 마치 병사들에게 기합이라도 주듯 했다. 그리고는 주의 사항을 하달했다.

"제군들! 지금 병원장께서 어디선가 보고 계시니까 행동에 신경 쓰도록 그럼 지금부터 군가 한곡을 부른 후 병원장실로 가겠다! 군가 자세… 군가제목… 군가 시~작!"

위층에서 군가 소리를 듣고 창가로 와서 보시고는 웃으시는 바람에 나만 해군들에게 몰매(?)를 맞을 뻔했다

– 참모장님과 해군 동기분들 죄송합니다!

국군병원

그 친구, 내일 당장 구축함으로!

사령관님의 특별 지시사항이 하달되었다.

더 이상 사령부에 근무시켰다간 또 무슨 일을 저지를지 모른다고 판단하신 것이다. 아예 바다로 내 보내는 것이 여러 사람을 편하게 할 것이리라. 설마 고래 밥이라도?

나도 바다가 좋다. 어릴 때부터 배 타고 낚시하는 것도 재미있었기에 즐거운 마음으로 받아들였는데, 주위에서는 힘들 것이라며 걱정들이다. 동해바다여! 기다려다오!

– 걱정 마셔들 비행기도 탄 놈인디….

가끔씩 항구로 들어와서 보급품도 싣고, 그 참에 장병들 땅 냄새도 맡길 겸 해서 입항을 하는 것 같았다.

구축함이 해군 전용부두로 입항하는 시간에 맞춰 부두로 나갔다.

멀리서도 보일 정도로 거대한 구축함이 위풍도 당당하게 항구로 향해 유유히 입장을 하고 있는 것이다. 저런 위용에 압도되어 바다의 사나이가 되는 걸까! 해군을 갈 걸 그랬나….

함상 근무가 힘들다는 얘기는 자주 들어 왔다.

바다가 어찌 낭만만 있겠는가! 큰 파도가 칠 때엔, 이쪽에서 반대편으로 바닷물이 배를 넘어간다고 하지 않던가.

그러니 배가 가만히 있을 수가 있겠는가. 롤링, 피칭을 해 대면 천하장사라도 못 견디지.

처음 타는 사람들은 뱃멀미로 며칠씩 고생이라니, 그러나 어찌하랴, 지은 죄(?)가 있으니….

구축함에서 밧줄을 던지니, 부두에 있는 쇠뭉치에 고리를 걸어서 고정시킨다. 잠깐의 외출이어서인지 근무복장 그대로이다. 한참 동안 소란스럽던 수병들이 삼삼오오 내리더니 금세 사방으로 흩어져 사라지고 커다란 구축함만 부두를 지키는 듯 떡! 하니 버티고 서 있다.

서서히 배 안으로 들어갔다.

당직 장교에게 아까 시내 레코드 가게에서 사온 "바다를 주제"로 한 음반을 건네주었다. 빈손으로 오기가 뭣해서….

숙소를 배정받고, 배 안을 안내해 준다기에 졸졸 따라 나섰다.

웬 골목은 그리도 많은지, 배 안이 좁다는 것은 영화를 봐서도 알았지만 잘못 하다간 부딪치기 십상이다. 당직 장교는 몸의 균형을 잘도 잡는 것 같았다. 내가 느리니까 뒤돌아서서 기다려주기도 하고….

저녁 식사 시간이라며 식당으로 안내되어 갔다.

함장님이 헤드테이블에 앉으시고 바로 옆자리가 내 자리란다.

새까만 대위가 두 번째로 앉으려니 어째 좀 어색하기도 했지만 함장의 항공 참모이기 때문이라니, 식사가 나오기 시작하는데, 난데없이 "꽃~피~~는 동백섬에 봄이~~." 천장에서 울려 나왔다.

"어~이게 웬 음악?" 함장님도 의외라는 표정으로 물으셨다.

저 끝에서 근무 교대를 마친 그 당직 사관이 일어서더니 "공군 연락장교의 승선기념 선물입니다" 하고 빠르게 대답하자 박수가 터졌다. – 휴~ 다행이다.

– 경쾌한 행진곡을 틀어도 시원찮을 판에 구성진 항구 타령이었으니… 식사가 끝나 갈 무렵 선내 방송으로, 금일 19시에 수병식당에서 각 소속단위별 장기대회가 있으니 전원 참석하라는 안내가 있었다.

나는 가장 공정한 인물로 선정되어 심사위원장으로 위촉(?)되었다.

참, 한 치 앞도 내다볼 수 없는 것이 인생살이라더니, 육지에서는 구박만 받던 내가 바다에서는 어엿한 심사위원장이 되다니, 혼자서 웃었다. 역시 바다는 사람을 볼 줄 아는군!

잠깐 외출을 갔다 오는 날이면 수병들의 심란한 마음도 달래 줄 겸 단합도 할 겸 해서 이런 자리를 마련하나 보다….

노래도 하고, 만담도, 춤도 추고, 저마다 장기자랑을 하는 걸 보니 막내 동생을 대하는 것 같아 나도 덩달아 신이 났다.

중간에 신나는 춤곡이라도 나오면 위원장이고 뭐고 체면 불구하고 수병들과 어울려 막춤으로 응수도 했더니만 웃음을 사기도 했다.

거의 끝 순서가 되어가자 각 소속 장들의 로비가 들어 왔다.

"위원장님, 아까 그 구성지게 노래하던 친구 잘 좀 부탁합니다."

중대장들이 쪽지를 건네 오기도 하고. 심사의 공정성을 해치는 짓이긴 한데도 기분은 우쭐했다.

"이제 곧 심사 결과 발표가 있겠습니다. 발표에 앞서 오늘의 심사위원장님의 노래 한 곡을 듣겠습니다! 박수!"

마이크 앞으로 안 나갈 수 없다.

"동해바다를 지키는 용맹스러운 여러분! 저는 여태까지 하늘이 가장 거친 곳이라 생각하고 살았는데, 오늘 비로소! 하늘보다 더 거친 곳이 바다라는 것을 알았습니다. 여러분들이야말로 진짜 사나이들입니다! 아이 러브 해군!!

바다 상공에서 초계 비행을 할 때 아래를 내려다보면, 망망대해에서 군함이 왔다 갔다 하면서 해상초계를 하고 있는 것을 가끔씩 본 적이 있지만 내가 직접 그렇게 하고 있다니, 그냥 한가로이 왔다 갔다 하면서 초계를 하는 줄 알았는데, 바다를 지킨다는 것이 고생스럽다고 느낀 것은 다음 순간이었다.

"빽!~ 빽!~" 하고 귀청이 떠나갈 듯 경고음이 들리더니 이내 확성기가 상황을 전파하기 시작한다.

"전달! 전달! 우현 전방 적함 출현!" 2~3회 연속으로 방송이 나오더니만 이내 좁은 복도를 이리 뛰고 저리 뛰고 정신들이 없었다.

그런가 했더니, "쿠쿵! 꽝!!" 하면서 함포가 불을 뿜고 "따다당!!!" 하고 기관포가 우현 전방을 향해 발사된다. 물 위에 거품을 남기면서 여기저기 소나기 퍼붓듯 파도 위를 때린다.

실전을 방불케 하는 훈련을 나는 귀를 막고 쳐다보고 있었다.

어느 날 지루하기도 해서 함 내에 있는 이발소에 가서 머리나 자를 가하고 갔었는데, 느닷없이 "화재발생!" 상황이 발령되는 바람에 혼비백산하고 나온 적도 있었다.

그 날 점심 메뉴로 내가 제일 좋아하는 생선구이가 나왔다.

함장님이 연락 장교, 지낼 만하냐고 물으시길래 잘 지내고 있다고 대답하고 생선을 뒤집으려는데, 옆에 앉은 기관 중대장이 젓가락으로 탁! 치면서 태클을 걸고는 작은 소리로 "고기 뒤집는 게 아냐!" 하신다. 아차! 해군에서는 생선을 뒤집지 않고 뼈를 걷어 낸 다음에 먹는다는 것을 들어본 적이 있었다.

– 무슨 뜻인지 아시겠죠!

배를 탔다고 해서 어찌 아무런 사건이 없었겠는가!

어느 날인가, 함교에 올라갔더니 처음의 그 당직 사관이 키를 잡고 있었다. 같은 배를 탔어도 오래만 에 본 것이다. 반갑게 인사를 나누고는 내가 슬슬 물어봤다. 여기 이런 망망대해에도 고기가 있느냐고 물었더니 "그럼 있지요" 하고 자신 있는 투로 말하는 것이다.

"야~ 웃기지 마라. 고기는 무슨 고기가 있다는 거냐?"고 했더니 많다는 것이다. 참 이해가 않다는 표정으로 있는데, 함교 양쪽에서 전방을 주시하던 감시병이 앞에 이상한 물체가 있다고 당직사관에게 보고를 하는 것이다. 그 친구들은 망원경으로 감시하니까 우리들보다 먼 거리를 보는 것이다.

배는 갑자기 후진을 할 수가 없지 않는가. 하마터면 그물이 스크루에 걸릴 뻔한 것이다. 이곳은 작전 지역이라 어로 금지구역이란다.

드디어 당직 사관이 본인의 말에 책임(?)을 져야 할 때가 온 것이다. 불법 그물의 일부를 건져 올리니 팔뚝만한 생선이 그물에 올라왔다.

"그래, 니 말이 맞구먼!"

저녁 반찬으로 먹자고 했더니 이렇게 잡은 고기를 먹었다간 함장님께 혼난다는 것이다. 놓친 고기는 역시 아까운 법이다.

고등비행 교관으로!

T-33 고등비행교관

한번 이륙하고 착륙하는 것을 1쏘티(Sortie)라고 한다.

통상적으로 우리 비행대대는 오늘 20쏘티를 계획했으나 기상관계로 12쏘티만 실시했다고 얘기한다.

– 공군에서 비행횟수를 말할 때 사용하는데, 시간 개념하고는 다른 것이, 임무에 따라서는 30분을 비행할 수도 있고 한 시간 이상이 걸릴 수도 있어 한 번 비행하는 것을 쏘티로 구분하는 것이 합리적이다.

한 쏘티 한 쏘티가 모여서 총시간이 1,500시간이 넘어가고 비행자격이 편대장으로 승급된 지도 한참 지나서, 후배 조종사를 양성하는 고등비행과정 교관을 신청했다.

내가 고등과정 학생 때랑 같은 기종(T-33)이었지만 교관은 주로 후방좌석에서 가르치는 경우가 많기에 어려움이 많다.

– 계기비행을 가르칠 때에는 교관이 전방석에 탑승함.

앞에 덩치가 큰 학생이 앉을라 치면 앞이 답답해서 잘 안 보인다. 전방 시야 확보가 잘 안 되어 뒤에서 고개를 좌우로 빠르게 움직이며 봐야 하는데 특히 이착륙 훈련을 할 때가 그렇다.

어느 정도 앞자리 학생이 활주로 중앙을 잘 맞출 정도가 될 때까진 바짝 신경을 써야 한다. 잘못하다간 엉뚱하게 활주로를 벗어나 풀밭에 착륙할 위험도 있기 때문이다. 그런데 학생 딴에는 활주로 중앙을 잘 맞추고 비행을 하는데도 뒤에서는 교관이 고함을 지르기도 한다. 잘 안 보이기는 하지, 학생은 못 믿겠지 해서… 자주자주 확인 겸 잔소리를 하는 것이다.

"야! 활주로 중앙에 똑바로 정대해! 똑바로!!"

– 그래서인지 미 공군 조종사도 T-33 교관을 했다고 하면 엄지를 위로 올려준다.

학생들도 고등과정에 오기 전에 이미 초등, 중등과정을 거쳐서 오기 때문에 활주로 중앙선 정대 정도는 할 줄은 이미 알고 있기는 하다.

그러나 불안하기도 하고 믿지를 못하기도 해서 자꾸만 채근을 하는 것은 어쩔 수 없나 보다. 국가의 재산과 생명이 걸린 문제이니까.

그해 여름, 해변의 추억!

훈련 비행단 소속인지라 여름엔 몇 차례로 나누어 학생들, 가족들과 함께 가까운 남해바닷가로 피서를 간다.

– 군인이기 때문에 해양훈련이란 이름으로 평소 때는 조종사와 구조사들의 생환 훈련장으로 사용할 수 있도록 인가가 된 해변이고, 군 병력이 상시 주둔해 있어서 어느 해변보다 깨끗한 상태를 유지하고 있었다.

모처럼 가족들, 특히 애들에게 자랑스러운 아빠가 되는 시간이기도 하다. 저만치 떨어진 민간인 해수욕장엔 거의 물 반, 사람 반인데 비해 이쪽은 별천지와 같은 곳이기에 더욱 자랑스러울 수밖에.

민간인들의 접근을 통제하는 바라케이트도 치고 총을 든 헌병 아저씨까지, 아들놈은 아예 헌병 아저씨랑 노느라 이쪽으로 올 생각을 않는데, 급히 찾는다는 연락이 왔다.

"당신 또 일 저지른 거 아냐?" 대답도 않고 지휘부 천막으로 갔더니 전대장께서 걱정스런 낯으로 맞이하신다.

"최 소령, 큰일 났다!" 하시기에 난 또 큰일 난 줄 알았다.

낼 오후에 비행 단장께서 휴가차 이곳으로 오시는데, 무슨 대책을 세워야 되지 않느냐? 이런 내용이다.

"천막 하나 저쪽에 쳐 주면 당신들이 알아서 지내실 것 아닌가요." 하고 내 일 아닌 것처럼 얘기했더니, 그건 그렇긴 한데….

걱정이 많으신 것 같아서, 그러하시다면 제가 알아서 할 테니 걱정 마시라고 큰소리치고선 식구들이 있는 대로 왔더니만 이놈의 마누라 또 한마디 하신다.

"그것 봐! 또 혼나고 왔지!"

"야~이 바가지야! 칭찬받고 왔다. 메~롱."

이것도 일종의 의전행사에 해당하는 것이다.

전대장은 내가 단장의 고교 후배라고 알기 때문에 다른 친구들보다 더 성의껏 보살펴 줄 것으로 믿으신 모양이다.

나는 즉시 30분 정도 떨어진 해수욕장에서 횟집과 해녀들을 고용해서 바다어장을 하고 있는 선배를 찾아갔다.

내일의 행사를 위한 사전 준비 계획을 상의하기 위해서였다.

교관들은 물론 학생들에게도 그 집에 가서 내 이름만 대면 싸고 푸짐하게 줄 것이라고 충분히 선전을 해 줘서 그 공로를 인정하고 있는 터라 내가 가면 엄청 반가워 할 수밖에.

"아니 우리 집 선전 부장께서 웬일이셔?"

자초지종을 얘기했더니 100% 협조하겠단다.

다시 훈련장으로 돌아와 몇 명을 모아 내일 행사 준비를 상의해서, 필요한 목록을 챙기는 등 갑자기 바빠졌다.

모처럼 가족들과 오붓하게 여름휴가를 즐기려던 계획은, 본의 아니게 단장님 영접관계로 날라가고 바가지만 날라오게 생겼으니….

다음날 비행장에서 단장님 일행이 출발했다는 통보를 받고는 중간 위치에 있는 휴게실까지 마중을 나갔다.

한참을 기다리니까 3대의 승용차에 나눠 탄 일행들이 휴게실로 들어오셨다.

"어~ 뭐하러 여기까지 왔어!" 말씀은 그렇게 하시지만 기분이 좋으신가 보더라고, 만일 안 왔으면 섭섭하셨겠지….

"그 봐라. 내가 마중 나오자고 했지!" 후배 놈은 뒤통수만 긁적이고, 단장님께서 손짓으로 부르시더니, 같이 온 일행들에게 인사를 시키는데, 당신과 사모님 친구가족들이시다.

우리 둘은 연신 "필승!" "필승!" 해가며 경례하기에 바빴다.

다음 날 아침, 어선 두 척이 우리 쪽 선착장으로 왔다.

한 척에는 해녀들이 타고 왔고, 한 척은 우리들 일행이 탈 배다.

모두들 신들이 났는지 말씀들이 많으시고, 특히 사모님을 비롯한 여성들이 더 즐거워하는 것 같았다.

전대장을 비롯한 교관들의 배웅을 받으며 저 멀리 있는 섬으로 가고 있었다. 1시간도 채 걸리지 않는 곳에 위치한 횟집 선배의 어장은 바가지를 엎어 놓은 듯한 모양의 아담한 무인도였다.

우리가 무인도에 내리는 동안 해녀들은 작업을 하러 이미 잠수가 시작되고 있었다. 단장님 일행에겐 섬 주변을 한 바퀴 산책하고 오시라고 말씀드린 후, 우리들은 평평한 곳을 찾아 낙하산 텐트를 치고, 바닥엔 담요를 깔고, 임시 주방을 설치하는 등 후방지원 준비에 분주하게 움직이고 있었다.

드디어 모든 준비도 끝나고 방금 잡아 올린 해산물로, 식탁은 그야말로 바닷냄새가 물씬 나는 싱싱함 그 자체였다.

– 해삼, 멍게, 성게, 낚지, 오징어, 소라, 광어 도미, 도다리….

“야~! 야~~!” 소리가 저절로 나오는가 보다.

“이거 신선놀음이라더니 오늘 우리가 신선이 된 것 같구먼!”

친구분들이 저렇게 즐거워하시니 단장님 내외분들이야 오죽했겠나! 덩달아 기분이 좋으셨는지 그쪽도 이쪽으로 합치자신다.

우린 그냥 우리끼리가 좋다고 했으나 친구 한 분이 데리러 오는 바람에 못 이기는 척 합석을 했다.

– 아무래도 젊은 청춘들이 있어야 한다며, 어차피 우린 기쁨조 아니던가!

해녀들의 잠수질을 보면서 우리는 술잔을 좌로 우로, 셀 수도 없이 돌리고 돌리고… 같이 온 취사병은 연신 회를 날라 오기 바쁘고,

“어이, 너도 이리 와서 좀 먹고 해라, 자~술도 한잔 받고!” 단장님이 권하자 친구분들이 내 잔도! 내 잔도! 해서 제법 마셨을 꺼다.

“이거 참 이상하지, 그렇게 마셨는데도 술이 안 취하지~”

– 이유는 음이온이 많기 때문이다. 폭포 근처에서 도사들이 주리를 틀고 도를 닦는 것도 그 이유이다.

안 취하니 계속 마실 수밖에, 기쁨조를 편성할 때 술, 노래 실력을

고려해서 선발하지 않았던가!

한 사람씩 돌아가며 노래도 부르고 벌써 몇 바퀴짼지 모른다. 레퍼토리가 바닥이 날 지경이다.

술도 얼마 안 남아 배를 보내 재보급을 하게 했다.

해녀들에게, 작업 그만하고 올라오라고 했다.

점심시간만 빼고 작업하느라 힘들었을 것이다.

해녀들에게 주인한테 잘 이야기할 테니 그만 하고 좀 먹고 쉬라고 했다. 말이 쉬라는 것이지, 반강제 합석이다! 바다에서 생활해서인지 술 실력들이 우리 선수들은 저리 가란다. 2차 술자리가 시작된 것이다. 분위기는 더더욱 신이 나고 어깨동무를 하며 빙빙 돌기도 하고….

야간 접안 시설이 없는 선착장이라 지금쯤 출발을 해야 한다는 선장의 보챔이 없었다면 날 새는 줄도 몰랐을 끼라.

– 배는 음주단속을 하지 않는가?

그날은 오후에 학생들에게 외출을 허용하는 날이었다.

만약 이쪽의 분위기가 좋으면 캠프파이어를 하면서 술도 허락할 계획인데 단장님의 승인을 받는 조건으로….

학생들에게 외출 전, 캠프파이어 때 파트너를 동반하라고 지시를 내려놓은 상태였다. 다만 음주만큼은 단장님의 승인을 받아야 하는데, 배에서 고동 소리가 길게 울리면 승인을 받은 것으로 알고 있으라고 했었다.

갈 때는 두 배가 앞뒤로 갔으나 올 때는 두 배를 묶고 나란히 선착장으로 들어가고 있었다.

우리들은 해녀들을 포함해서 서로 어깨동무도 하고, 어울려서 큰 소리로 노래를 부르며 떠들썩하게 들어가고 있었다.

키는 선장이 잡았지만 뱃고동을 울리는 길게 늘어뜨린 줄은 내가 잡았다.

멀리 훈련장의 불빛이 보이는 순간 길게 아주 길게 뱃고동 줄을 잡아당겼다. 그것도 연속으로 "부~웅! 부~~웅! 부~~~웅!" 좀 그만 울리라고 할 때까지 몇 번이고 울렸더니 저쪽에서 환호성이 들리는 듯했다.

– 마치 해전에서 승리하고 귀환이라도 하는 "바이킹!" 것처럼.

우리들은 학생들에게 이끌려 모닥불을 피워 놓고, 두어 겹으로 빙 둘러앉아 파티 시작을 기다리는 캠프파이어장으로 끌리다시피 갔었다. 학생 사회자가 단장님께 개회 선언을 부탁드렸더니 굳이 사양하시면서 나보고 나가서 하라신다.

이제야 술이 취하는지 비틀거리며 마이크를 잡았다.

"지금부터 임시 단장을 맡은 ○○○입니다. 여기 참석하신 모든 분들은 오늘 밤을 즐기실 의무가 있습니다. 모~든 것은 내가 책임질 테니 저 불처럼 젊음을 (딸~국!) 불태우시길 바랍니다. 이상!"

기름을 끼얹으니 갑자기 환해지며 불꽃이 커졌다.

"와~ 화이팅!!" 밴드가 시작을 알리는 듯 팡파르가 울려 퍼지고 해변의 축제는 시작되고 있었다.

단장님 일행들은 조금 자리를 지키다가 젊은 사람들 노는 데 방해가 된다며 슬그머니 숙소로 들어가시고, 학생들은 파트너들과 어깨동무를 하며 모닥불 주위를 돌면서 춤을 추고 있는데, 저쪽에서 호루라기를 불며 헌병이 제지하는 소리가 들렸다.

졸지에 모든 책임을 진다고 했으니 안 가볼 수가 없었다.

"우리 여자친구들이 여기로 왔으니 보내 달라!"는 것이다.

학생들에게 파트너를 데리고 오라고 했더니 남자친구랑 같이 온 여자들까지 모셔(?)온 모양이다.

다음날 단장님이 찾으신단다.

이~크! 또 다른 퍼포먼스를 지시하실라고…?

"어제, 재미있게 보냈다. 우리들은 오늘 딴 데로 갈 테니…."

"내가 있으면 아무래도 너희들이 불편할 거 아닌가!"

듣던 중 반가운 소식이로고, 하루 더 지내시다 가시라니까.

완강히 손을 내저어 시면서, 어제 경비가 많이 들었을 거라며 봉투를 주시는 거다.

– 이럴 땐 한두 번 사양하는 건 예의 아니던가.

다행히(?) 이 봉투를 받는 장면을 목격한 사람은 아무도 없었기에 사용처에 대해서 아무도 모른다. 오직 나만 아는 비밀(!)이다.

– 그날 가족들을 데리고 횟집으로 가서, 가장 비싼 회만 먹였다.

"아니? 짠돌이께서 웬일이셔! 해가 서쪽에서 뜨겠네."

"그냥 조용히 먹기나 하쇼! 너네 먹고 싶은 거 있으면 말해!" 모처럼 어깨에 힘이 들어가는 순간이었다.

아빠로서 가장 자랑스러울 때가 이때가 아닌가 싶다.

그 후 같이 동행했던 기쁨조들에게도 돈의 위력을 다시 한 번 보여 주었다.

고향마을을 도웁시다!

해마다 지리산 일대는 많은 비가 내려 계곡에서 물놀이하던 야영객들이 피해를 보곤 한다.

그해에는 집중적인 호우가 내려 강둑보다 저지대인 고향마을 에 큰 피해가 생겼다. 공중에서 본 고향마을 주위의 논밭은 온통 진흙 투성이로 변해 있어 마음이 착잡했다.

당장이라도 달려가서 작은 도움이라도 주고 싶었지만 훈련 중인 몸인지라 그럴 수는 없고 생각 끝에 군부대의 도움을 받기로 했다.

아무래도 많은 병력이 주둔하고 있는 인접 육군부대를 찾아갔더니, 지휘관이 이왕이면 군 가족을 우선으로 돕겠다며 병력과 중장비 지원을 흔쾌히 약속을 해 줬다.

더욱이 육군 부대에서도 돕는데, 비행장에서도 그냥 있을 수 없다며 적극적인 지원을 아끼지 않았다.

– 시골에서야 나이 드신 분들이 삽으로 치워 봤자지….

시골 형이 연락이 왔는데, 동네 어른들 말씀이, 마을이 생긴 이후 최대의 피해인데도 누구 집 둘째 아들 덕분에 깨끗하게 원상 복구됐다며 칭송이 자자하단다. 마을에서는 거의 구세주 대접이더라고.

– 이럴 때일수록 더욱 겸손해야 하는 디….

아무튼 부모님에게 큰 효도를 한 것 같아 흐~뭇했다.

모교 6학년 학생들 비행장 견학!

위와 같은 혁혁한 공로(?)가 알려지자 모교(초등학교)에서 연락이 왔다. 후배들에게 비행장 견학을 좀 주선해 줬으면 한다는 것이다.

며칠 뒤, 활주로 통제탑에서 이착륙 항공기를 통제하고 있는 데 단장께서 순찰을 오셨다.

학생들의 이착륙 하는 것을 지켜보시더니 그때 해양훈련장 얘기를 끄집어내시면서 참 좋았다고 하시는 거다. 옳거니 이때다 싶어 모교 새싹들의 견학 얘기를 했더니만, 망설임 없이 OK(!)다.

"야~ 그게 다 공군을 PR하는 거야! 내가 잘 견학시키라고 지시할게!" "필~승!"

5대의 대형 버스에 타고 온 후배님(?)들과 인솔 선생님들은 식사 대접에 학용품 한 세트씩 푸짐한 선물을 받고 돌아갔다.

차가 막 떠날 무렵 교장 선생님께서 내게로 오시더니 하시는 말씀,

"어이! 최 소령, 요담에 출마하모 한 표 찍어 줄게 고맙데이!"

그 뒤 시골가기가 무서웠다. 워낙 팬들이 많아서….

형! 부대까지 에스코트를 부탁해!

2년 동안 대대장 임기를 마치시고 항공회사로 취업이 결정되어 이임식 겸 전역식을 하루 앞두고 있는 대대장 내외를 위한 환송식을 내가 준비하기로 되어있었다.

– 먹고 노는 것은 무조건 내 몫이니….

부대 내에서 하면 답답할 것 같아서 바다가 보이는 해변 횟집으로 가기로 정했다. 아무래도 싱싱한 회도 먹고 바닷바람도 쏘일 겸 해서, 각자 버스나 택시를 이용해서 회식 장소로 집결하도록 전달했다. 술을 마셔야 하기에….

어떤 분이 하는 얘기가 술집에서 제일 시끄러운 사람들이 제일 긴장하는 직업을 가진 사람들이라고, 글쎄 그런 것도 같고, 의외로 조종사 중엔 술을 아예 안 마시는 친구도 있기는 하다.

한번은 무슨 축하 행사로 참모 총장이 오셔서 조종사들에게 한 사람씩 따라 주시는데, 이 친구 끝까지 못 받겠다고 우겨대는 통에 대대장이 진땀을 빼는 것을 본 적이 있었다.

– 그런 자리엔 본인이 알아서 피해야지….

이임하시는 대대장은 20년 이상을 군에서 생활하시다가 전역을 하게 되시니 본인의 감회야 오죽하실까! 우린 최대한 기쁜 마음으로 떠나실 수 있도록 분위기를 맞추며 저녁 자리를 마련하고 있었다.

가능한 술도 많이 권해 드리고, 우리들도 많이 마셔야 호응이 되니까, 부인들도 노래를 시키면 분위기 안 깨려고 빨리 일어서서 장단을 맞춰 줬다.

평소 감정 좀 잡으시는 김 소령 부인의 차례였다.

우린 또 무슨 노래로 분위기를 잡으실까? 한참을 음~음! 발성연습 끝에 영화 "애수"의 주제곡 "올드 랭 사인(Auld lang syne)을 처음엔 원어로 두 번째는 우리말로 하는데, 횟집에서 부르기는 아까웠다. 떠나시는 대대장 내외와 몇몇 사람들이 눈물을 훔치고 있었다.

갑자기 이별 모드로 바뀌는 듯 한동안 그렇게들 있었다.

이러면 안 되는 데 싶어 "자~ 자! 자리에서 일어나 길 건너 나이트클럽으로 이동!" 하자고 반전을 시도했다.

시끄러운 클럽은 좀 전의 가라앉은 분위기를 반전하기에 충분했다. 음악만 나왔다 하면 전원 총출동이다. 부루스면 브루스, 탱고, 지루박, 트위스트까지 빨간 마후라들의 춤 솜씨에 다른 분들은 구경하기에 급급했다.

– 노는 데야 프로들인 지라.

땀까지 흘려가며 얼마나 신나게 놀았는지 모두들 지쳐가고, 우리들 외엔 종업원들만 눈에 띄었다.

시계를 보니 통금이 가까워 오고, 나는 얼른 싸이카 형에게 삐삐를 날렸다. 한 참 있으니 요란한 사이렌이 울리며 도착했다.

싸이렌 소리에 놀란 종업원이 경찰이 왔다고 밴드도 스톱시키고 조명도 꺼 버린다.

"야! 불 켜! 내가 책임진다꼬!"

그 형도 왕년에 좀 놀아 봐서 기분을 맞출 줄 아는 분이다.

밖에 나가보니, 우리를 태우고 갈 관광버스도 준비되어 있어, 역시 형이 최고라며 서둘러 버스에 올랐다. 우리가 탄 버스 앞에는 번쩍번쩍 싸이렌을 울리며 경찰 싸이카가 호위를 하고, 버스 안에는 시끄러운 음악과 함께 춤 파티가 계속되고, 가끔씩 요란한 싸이렌을 울리고 부대 안까지 들어 왔었다.

이임하시는 대대장도 기분 좋게 보냈다며 고맙다고 몇 번이나 칭찬을 아끼지 않으시고….

엉뚱한 비행기와 공중전(?)

교관 조종사들은 대부분 전투비행대대에서, 비행 기량 면에서는 물이 오를 대로 올라 자신감들이 충만한 때였다.

그래서 비행에 관한 한 서로가 제일인 것처럼 으스대기 일쑤라 가끔 서로 잘났다고 우길 때가 많았다.

간혹 학생들을 객관적으로 평가하기 위해 다른 교관이 동승 할 때가 있는데, 단독비행이 가능한지를 판단할 때 담당 교관은 가능하다고 해도 다른 교관이 몇 번 더 훈련이 필요하다면 그렇게 해야 하는데 종종 우기는 경우가 있다.

– 자기 새끼 안 귀여운 놈 없다고 하지 않던가!

그 학생이 제때에 단독 비행을 하고 안 하고가 사기 문제도 그렇지만 그 학생의 성적에도 영향을 미치기 때문이다.

다른 교관이 타보고 평가도 하지만 활주로 통제탑에서 보면 또 알 수도 있어 한사람이 우긴다고 넘어가지는 않는다.

그만큼 자기 학생에 대한 애착이 깊을 수밖에 없는 것이, 반년이나 땅에서나 공중에서나 같이 지냈으니까….

내가 교관을 갈 때는 5명이 서로 다른 전투비행대대에서 갔었는데, 서로가 선의의 경쟁을 할 때가 종종 있었다. 나와 한 기수 아래 H 소령이 장난삼아 시비를 자주 걸어오기에, 우리끼리 말로만 시비하지 말고 오늘은 훈련을 조금 일찍 끝내고 여수 상공에서 만나서 한판 붙자고 했더니 좋다고 했다.

– 시간을 정하고, 주파수도, 먼저 보는 쪽이 공격하는 것으로.

태권도로 말하면 일종의 자유대련이다.

공중전 기동연습을 할 때는 대부분 약속된 범위 안에서 하기 마련이다. 한번 공격기동을 했으면 다음엔 위치를 바꿔서 방어를 한다든지, 고도가 얼마 이하로 떨어지면 중지하고 다시 고도를 취한 다음에 시작하는 등….

아무리 추력이 좋은 비행기도 최대기동력을 발휘하다 보면 고도가 강하할 수밖에 없다. 고도는 곧 속도요 속도는 고도이기 때문이다. 즉 고도를 낮춘다는 것은 속도를 얻기 위함이요, 속도가 있어야만 유리한 공격 위치로 기동을 할 수가 있기 때문이다.

– 잘 이해가 안 되시면 그냥 넘어가자고요.

흔히 공중전을 개싸움(Dog fighting)에 비유하기도 한다.

– 너 죽고 나 죽고가 아니라, 너 죽고 나 살기로 해야 한다.

물론 근접전일 경우인데, 멀리서라면 열 추적 미사일을 사용(요격)하겠지만 가까이 접근했을 경우에는 도그파이팅을 할 수밖에 없다. 이때는 장착하고 있는 기관포로 공격하는데, 전투비행대대에서는 실제로 해상에서 훈련탄을 발사하는 공대공(Air to air) 훈련을 자주 실시한다.

– 공대공 사격훈련장은 항해지도(?)엔가에 표기되어 있는데 주로

육지에서 멀리 떨어진 해상에 위도와 경로로 설정되어 있어서 선박을 운행하는 선원들에게는 이미 공지되어 있는 사실이다.

공대공 사격의 목표물은, 목표기 하방에 특수 목재로 만든 목표물(Dart)을 달고 이륙했다가 해상에서 폭탄 투하 하듯 하면, 쇠줄에 목표물이 달려 있어 비행기보다 밑으로 쳐져 매달려 있게 되는데, 비행기가 똑바로 갈 때 발사하면 조준기가 잘못해서 비행기를 조준할 수도 있기 때문에, 목표기에서 공격해도 좋다는 무전허락을 받아야만 공격이 가능하다.

공해 상의 훈련 공역 상공에 도달하면 혹시나 항해하는 선박이 없는지 눈으로 재차 확인 후, 방어기(목표기)가 기동을 하면 목표물이 비행기와 각도가 생기게 되는데, 이때 위에서 대기하고 있던 공격기가 공중기동을 하면서 타깃에 접근하여 훈련탄을 발사하게 된다. 이때 목표기 조종사는 고개를 뒤로 젖혀, 공격기의 접근 각도나 접근 거리 등을 판단하여 공격중지 명령을 내리기도 한다.

그래서 목표기 조종사는 전체를 통제할 수 있는 교관급 조종사가 담당하는 것이 보통이다. 훈련탄이기는 하지만 위력이 좀 약할 뿐이지, 비행기에라도 맞으면 치명적인 손상을 받을 수 있기 때문에 목표기를 잘 안 하려는 경향이 있다.

노련한 조종사는 기관총(기총)을 발사했을 때, 자기가 발사한 총알이 목표물에 맞아 파편이 튀는 것도 알 수 있는데, 이는 열 발에 한 발씩 예광탄이 발사되므로 눈으로도 확인을 할 수가 있다.

착륙 후 강평 시에 실제 사용한 총알 수와 기총발사와 동시에 찍힌 Gun camera를 같이 확인하기 때문에 명중 여부를 속일 수는 없다. 따라서 공중전투기동을 한 후 유효사거리에서 기총을 발사해야 하기 때문에 공중전투기동과 공대공 사격은 연관 과목으로 전투 조종사에게는 가장 중요한 훈련과목이라고 볼 수 있다.

– 위 두 과목을 잘해야 진짜 전투조종사라 할 만하다

나는 여수 상공하고는 좀 떨어진 위치에서 서둘러 훈련을 마치고는 공격하기에 좋은 위치를 잡기 위해 그쪽으로 기수를 돌렸다.

아무래도 태양을 등진, 상대방 보다 높은 위치에서 공격하는 것이 쉽게 노출도 안 되고 속도를 얻기가 쉽기에 살금살금 고도를 높이고 H 소령이 타고 있는 비행기를 찾느라 두리번거리고 있었다.

– 먼저 보면 먼저 쏜다!

"야~! 잘 봐라! 그 친구 어디서 나타날지 모르니까! 벨트 꽉 조이고!" 연신 학생 조종사에게 채근을 하고 시계를 보니 거의 약속한 시간이 거의 다 된 것 같았다. 그때 저 아래쪽에서 반짝! 하고 비행기가 보여, 옳다구나! 너는 이제 내 밥이로다! 판단하고 꼬리를 물기 위해 급강하를 하면서 공격기동을 하는데, 어~! 저건 또 뭐람… 저만치 한 대가 더 있는 게 아닌가!

"야! 어떻게 된 거야?" 하고 물었더니 "웃기지 마쇼! 졌으면 졌다고 해야지!" 콧대 높은 후배는 자기가 물고 있는 앞 비행기가 오늘 한판 붙기로 한 나일 것이라고 착각한 모양으로 죽기 살기로 물고 있는 것이다.

순간, 이럴 수도 있나 싶었다. 3대 중 제일 앞에 있는 비행기는 영문도 모른 채 공격을 당하니까 방어 가동에 들어가고, 그 뒤의 H 소령은 앞 비행기가 난 줄만 알고는 꼬리를 놓치지 않으려고 물고 있고, 정작 나는 이 황당한 광경을 보고 있자니 기가 차고.

나와 H 소령만 주파수가 같고, 졸지에 뒤를 물린 앞 비행기와는 주파수가 다르니 소통이 될 리가 없었다.

그렇다고 비상 주파수(G channel)를 사용하여 이 코믹한 상황을 종료시키자니 전 공군이 다 들을 테고….

- 조종사들은 아무리 연습 때라도 꼬리를 물리는 것을 무지 자존심 상하는 것으로 생각함, 곧 죽음에 비유되니까!

더 이상 좁은 공간에서 세 대의 비행기가 물고 물리면서 돌자니 위험할 것 같기도 해서, 둘이서 싸우든 말든 먼저 귀환해 버렸다.

제일 앞쪽에서 졸지에 당한 비행기의 탑승 조종사를 확인하기 위해 착륙하자마자 얼른 상황판을 보고는 깜짝 놀랐다.

그분은 자존심이 강하고 깐깐하기로 소문이 난 비행단 내 평가실장님이신 Y 중령이시다! 그분은 그날 중요한 평가 비행이 있어서 비행 중이었다.

솔직히 나야 뭐 한참 뒤쪽에 있었으니 모르실 테고….

"전체 교관 집합!"

야구 방망이를 들고 썬글라스 끼시고 단상 위에서 교관들을 노려보신다. 사실은 그분도 뒤를 쫓아온 친구를 누군지는 알진 못한다.

뒤에서 붙어 있다가 격추로 간주하고 곤두박질하듯 배면비행으로 사라져 버렸으니….

그러나 갑자기 꼬리를 물린 자존심의 상처는 매우 컸으리라!

- 조준기가 잠시만 앞 비행기에 머물러(Hold) 있으면 격추로 간주한다.

"요즘 교관들 비행군기가 엉망이야! 학생들 잘 가르칠 생각은 않고 엉뚱하게 가만히 있는 비행기 꼬리나 물고, 이게 도대체…!!"

한 사람씩 앞으로 나가 엉덩이에 불이 나게 맞아야 했다.

그놈의 공중전 때문에!

희한한 운전면허 시험(?)

그 당시엔(1970년대 말) 자가용이 많지 않았다.

집집마다 자전거는 한 대씩 있어서 주말이면 가까운 유원지로 애들을 뒤에 태우고 다니는 것이 유일한 즐거움이었다.

그래서인지 자동차 면허증을 가진 사람도 별로 없었다.

새로 부임해 오신 단장님께서 비행기도 모는 조종사들이 자동차 면허증이 없다는 것이 말이 되느냐시며 면허증을 따라고 하셨다.

부대 내 수송대대 한쪽에 연습코스를 그려 놓고 틈틈이 연습을 할 수 있도록 지시하셨다. 시험문제도 프린트를 해서 나눠 주시고….

차를 살 돈이 있어야 운전을 하든지 말든지 하지, 별로 관심을 갖지 않고 있었는데, 막상 시험 날이 다가오니 나도 공부 좀 할 걸 그랬나 싶었는데 친한 동기가 "야~! 내가 공부해 놨으니 옆에서 보고 쓰라."고 해서 같이 시험장으로 갔다. 시험장이라야 부대 안이니까.

시험 감독관은 정복을 입은 경찰관 두 명이 왔다.

시험지를 나눠 주면서 옆 사람의 답안지를 본다든지 하면 0점 처리하겠다며 자리를 멀리 띄워 앉힌다.

한참을 낑낑대며 문제지를 읽고 있는데 시험장으로 단장님이 오셨다. 공부들 많이 했냐며 한 바퀴 도시더니 영 시원찮아 보이셨는지 두 감독관을 밖으로 불러내시면서 "윙크"를 하시는 거다.

그런 후 그 두 감독관들은 시험 시간이 끝나서야 돌아왔다.

– 아마도 전부 다 점수가 동점이었을 것이다.

필기시험 전원합격의 기록을 세운 합격생들은 코스 시험장으로 갔었다. 내 차례가 되자 처음 보는 코스이고 해서 아예 동기생에게 명찰을 넘겼다

– 조종복에 달고 다니는 명찰은 적진에 포로가 됐을 때를 대비하여 붙였다 떼었다 할 수 있게 찍찍이로 붙여 있음.

코스도 무난하게 합격!

마지막 코스로 주행 시험이란다.

경찰관 말이 원칙대로 하자면 한 사람씩 해야 되는데, 바쁘신 분들이고 워낙 운동신경이 발달된 분들이고 하니 단체로 한꺼번에 하겠단다.

잠시 후 부대 버스가 도착하더니 전부 탑승하란다. 부대 버스를 K 상사가 몰고 활주로를 한 바퀴 돌더니 "축하합니다!" 하고는 가겠다고 했다.

– 그렇게 딴 면허 때문인지, 아직도 후진이 서툴다.

후목회를 결성하다!

나의 교관 생활의 마지막 에피소드로 후목회(?) 조직에 대해 잠시 소개하고자 한다. 얼핏 무슨 조폭 조직 이름 같지만 알고 보면 아주 순수(?)한 조직이다.

그 당시엔 자원이 부족해서인지 에너지 절감을 자주 강조하곤 하였다. 그래서인지 부대 내 목욕탕도 교관들 차례가 오려면 일주일에 한번 꼴로, 목요일 일과 후에나 있었다.

같은 비행장에 근무해도 다른 과정 교관들과 만나기는 쉽지가 않아, 목요일 목욕 때만 한 번씩 만날 기회가 있었다.

으레 목욕 간다면 애들을 딸려 보내는 건 주부님들의 단골 메뉴이고, 목욕이 끝나면 애들 등살에 그냥 올 수가 있나, 그 옆에 매점에라도 들려서 음료수라도 안겨 줘야지 끝이나질 않는가.

오랜만에 만난 동기라도 있으면 맥주라도 한잔 하면서 이런 저런 얘기라도 하게 마련이다.

"야! 우리 이러지 말고 매주 목요일에 모여 한잔씩 하는 게 어때?"
술 마시자는데 반대하는 것은 애주가들에게는 상대방에 대한 실례(?) 아니던가.

이렇게 의기투합해서 다섯 명이 가담을 했다.

그냥 마구잡이로 멤버를 뽑은 게 아니라, 우선 애주가이며 두주불사해야 하고. 마나님으로부터 자유스러운, 다시 말해 공처가는 아니여야 하고, 돈 계산이 확실해야 한다는 조건으로 선발을 한 것이다.

특히 돈 문제에 있어서는 술값을 배분 할 때 많네 적네 해서는 안 된다는 룰이었다.

그리고 술 마시고 집에 갔을 때, 누구랑 마셨냐고 하면 무조건 높은 분하고 마신 걸로 하자고 원칙을 정했다.

우리끼린 빠져나올 구멍을 만드느라고 머리도 좀 쓰기까지 했다.

매주 목요일 오후는 기대가 되는 날이다.

모처럼 목욕도 하고 이어지는 술자리는 일주일 동안 쌓인 스트레스를 풀기에는 최고였다. 그 당시 술집은 역시 방석집이라, 갔다 하면 으레 네모난 상에 안주며 술이 나오고, 젓가락 장단에 맞춰 목청껏 노래하는 레퍼토리가 전부였는데 한번은 옆방손님이 잔뜩 술을 보냈다. 감사하는 마음에 누군가 하고 그쪽 방문을 노크를 했더니, 단장님 일행이 보내신 것이다. 워낙 재미있게 논다고 아예 합석공연까지 제안하시는 바람에, 그날 계산은 전부 단장님이 해주셨다.

그 날은 구체적으로 마누라에게 보고를 해도 전혀 거리낄 것이 없었다.

어느 날 우리 멤버들은 목요일을 즐기려고 예의 그 방석집을 찾아 우리끼리만 거나하게 술잔을 기울이고 있었는데, 난데없이 한 무리의 젊은 여인들이 소란스럽게 나타나는가(!) 했더니만, 확! 방문을 걷어차면서 열어젖히더니 순식간에 술판을 뒤집어 엎어버렸다.

용감무쌍하게도!

– 다름 아닌 자랑스러운(?) 후목회 멤버들의 사모님들이었다.

우리 멤버들은 혼비백산하고, 코가 꿰어 끌려 집으로 들어올 수 밖에….

그 후, 그렇게도 의리를 강조했던 후목회 조직은 부인들의 각개 격파 작전으로 흐지부지 와해되고 다시 평화로운 가정으로 되돌아갔으니!

다시 전투 비행단으로 전속

3년의 교관생활도 지나고 다시 전투비행단으로 가게 됐다.

그동안 두 식구가 늘어 우리 내외는 한 명씩을 데리고 이사짐 트럭에 몸을 실었다. 워낙 자주 이사하는 직업이다 보니 군과 대형 물류 회사 간에 계약이 되어 이삿짐 수송에는 돈 쓸 일은 없었다.

이삿짐이라야 화분 몇 개, 애들 자전거, 시골 어머니가 주신 간장, 된장, 고추장 단지까지 실어도 1톤 트럭을 못 채웠다.

– 참고로 2014년 현재 29번 이사했음, 주민등록초본 상에는 26번인데 부대 안에서 옮긴 것도 이사니까.

다행히 내가 원했던 제공호라 불리는 KF-5E/F 기종을 타게 되어 무척 뿌듯하게 여겼다.

지금까지의 비행기와 달리 최신예 전투기로, 최고속도가 음속의 두 배 가까이 날 정도로 빠르고 엔진도 두 개가 있어 안전성이 있다고 알고 있어 이삿짐 차를 타고 가는 중에도 자랑을 늘어놓았다.

아들놈만 관심을 보이지 마누라와 딸은 '또 시작이군!' 하는 투다.

이삿짐을 내려놓자마자 짐 정리할 동안 애들 데리고 좀 놀다 오라기에 얼씨구나 하고 비행기 구경을 갔다.

애들이야 신이 나지 뭐. 나는 아직 한 번도 타 보지 못한 제공호에 대해 이것저것 아는 체를 하면서 자랑하기에 바빴다.

"절대 가까이 가지 말고, 만지면 안 된다! 저 밑에 달린 것은 폭탄이고…." 해가면서 한참 설명을 하고 있는 데, 마침 당직 근무 중인 정비 장교가 오더니 애들에게 비행기 좌석을 구경시켜 주마고 한 번 앉아보라고까지… 더 이상 신나는 구경이 또 있겠는가!

"야~ 이 비행기가 아빠꺼야?" 딸애가 묻기에 고개만 끄떡였다.

다른 비행기로 전환해서 타게 될 때는 반드시 일정시간 동안의 기종 전환 훈련을 이수해야만 한다. 자동차와 달리 기종이 다르면 구조적인 면뿐만 아니라 절차, 임무, 성능 등이 다르기 때문이다.

그동안은 프로펠러 아니면 아음속 제트기만 타고 비행했지, 초음속 제트기를 탄 적이 없었기에 더욱 긴장할 수밖에….

우선 크게 다른 점이라면, 추력을 급속하게 증가시키는 장치(After Burner)가 있는데, 야간에 전투기가 이륙하는 광경을 TV로 볼 때 비행기 뒷부분(Tail pipe)에서 불꽃이 나는 것을 목격했으리라.

– 주로 이륙 시, 전투기동 중, 급하게 속도를 증가시켜야 할 때 사용함.

다른 하나는 전·후방을 감시할 수 있는 레이더가 장착되어, 적기의 탐색이나 추적을 하는 데 큰 도움을 주며, 또 후방에서 공대공 또는 지대공 미사일이 내 비행기를 위협했을 때 방향과 거리 등의 정보를 실시간으로 제공해 주는 장치가 있다.

그 외 주로 착륙 시에 정상속도보다 많을 때, 감속시키는 역할을 하는 파라슈트(Drag chute)도 있다.

– 아무튼 비싸고 새로 나온 제품일수록 사용하기에 편리하고 좋을 수밖에….

기종전환 훈련은 지금까지의 구박만 받아왔던 그 어떤 훈련에 비해 인간적인(?) 대접을 받으면서 보낼 수 있었다.

아마 계급적으로도 고참 소령이고 또 어렵다는 고등비행교관을 했다는 경력도 많이 작용했나 보다.

앞전의 전투비행대대에서, 비행 자격이 편대장이었기에 전환훈련이 끝나고 몇 달 후에 제공호 편대장으로 승급되었다.

전투 초계 비행(Combat Air Patrol) -1

어느새 제공호 편대장이 되니 전투초계비행에 자주 투입되었는데, 그 이유는 북부 기지에 위치한 관계로 초계비행의 절반 이상을 우리 기지에서 담당하고 있었기 때문이다.

완벽한 영공 방위를 위해서는 즉각 대응할 수 있는 대비 태세가 필수적인데 소위 "0분대기" 개념이라 할 수 있는 초계비행은, 주로 서해 상공에서 동부 지역을 오가며 초계를 하는데 아무래도 수도권 상공이 중점 초계 지역이라 할 수 있겠다.

– 적의 최우선 공격 목표가 수도권이 될 터이니까.

초계 비행에 투입될 때는 미사일과 기관포로 무장하고 권총도 착용하는 등 실전에 대비하여 출격하기에 다른 일반적인 비행 때와는 마음가짐이 다를 수밖에….

이륙 전 브리핑 시간에는 만일의 사태에 대한 여러 상황들을 가정하여 요기에게 지시하게 되는데,

– 적기와 조우했을 때

– 적의 지대공 유도탄 공격을 인지했을 때

– 귀순기를 유도해야 할 상황일 때.

– 통신이 두절된 항공기를 유도해야 할 상황일 때 등을 고려해서 각자의 행동절차를 하나하나 확인하고 이륙해야 한다.

특히 초계 비행을 하고 있는 동안, 적의 레이더 기지에서는 우리 초계기를 100% 포착하고 있으며 특히 NLL 북쪽의 대공화기 기지에

서는 추적을 하고 있음을 알고 있기에….

주로 적의 기습공격이 예상되는 시간대에 집중적으로 초계비행이 시행되며, 2중 3중 중첩적으로 체공되고 있어 적들이 감히 넘볼 수 없도록 강력한 억지전력을 운영하고 있는 것이다.

특히 채 어둠이 가시기 훨씬 전에 이륙하는 조조 CAP(초계비행)의 경우, 애국심을 자극하기에 충분한 것이, 아직 잠이 들깬 대지를 폭음소리와 함께 박차고 솟구치면, 저기 동해의 한가운데서 용광로같이 붉디붉은 태양이 서서히 용처럼 떠오르고, 대지는 서서히 어둠의 장막이 걷히는가!

반짝! 하고 요기의 헬멧에 한줄기 태양이 비칠 때의 그 기막힌 광경을 우리들이 아니면 누가 볼 수 있단 말인가!

동해의 저 장엄한 일출을….

요기에게 엄지손가락을 지켜 세우니 곧바로 고개를 끄덕이며 엄지를 위로 곧추세운다. 갑자기 애국가를 부르고 싶어졌다! 우리가 수호해야 할 저 아래의 산하를 굽어보면서 보내는 이 한 시간이야말로, 얼마나 가슴 뿌듯한 감흥일 소냐!

아침의 초계비행에 비해 저녁 시간대의 비행은 또 다른 풍광을 연출하는데, 이륙할 때만 해도 아직 해가 떠 있어 훤하게 보이지만 한 시간 정도 지나면 빠르게 저 멀리 서해 상으로 퐁당 빠지는 듯한 태양을 볼 수가 있는데 제대로 된 석양을 즐기려면 약간의 구름이 깔려 있는 것이 더 아름답다.

온통 구름이 석양에 물든 것 마냥 불그스레한 색깔로 변해 갈 때의 그 아름다움은 어떤 사진이나 그림에서도 볼 수가 없을 정도이다.

3만 ft에서 일몰을 뒤로하고 착륙을 위해 고도를 낮추면 금세 어둠이 몰려온다. 이미 지상에서는 해가 진 뒤가 한참이기 때문이다. 여기저기 보석처럼 도시의 불빛이 하나둘 비춰지면 일 나간 농부 마냥 집으로 귀환을 서두른다.

– 모두에게 또 다른 내일을 위한 인사를 전하면서. "국민 여러분~ 굳 나잇!"

전투 초계 비행 -2

우리가 초계 비행을 할라치면 적들도 일정한 거리를 두고 대응 차원의 비행을 하는 경우가 있다.

약간 원거리일 때는 지상의 레이더 기지에서 대략적인 방향 정도만 알려 주지만 예를 들어 50마일 정도 접근을 할라치면 거리까지도 알려 준다. 물론 내가 타고 있는 비행기의 탑재 레이더의 포착 거리 밖이기에 "라 쥐!(Roger)" 하고 알았다, 참고하겠다고 대답해야 하는데, 나는 탑재 레이더가 마치 포착이라도 하고 있다는 듯 "CONTACT!!" 라고 얼른 대답해 버린다.

"…?" 지상 관제사가 한동안 대답이 없다.

잠시 후, 적기 2시 방향 30마일 접근을(!) 알려 오면 일부러 일전 불사의 자세라도 되어 있는 양, 아까보다 큰 톤으로 "ROGER!!" 하고 즉시 응답해 버린다.

그리고는 요기에게 모~든 무장 스위치를 발사 직전으로 전환하도록 지시하면, 나의 충성(?)스러운 요기도 큰소리로 짧게, 그러나 단호한 대답을 해온다. "Roger Sir!!"

아마 적 관제소에서는 신형전투기를 도입한 줄 알지 않았을까?

그래서 함부로 더 이상 가까이 접근해 올 수 없지 않았겠는가!

초계임무를 마치고 착륙을 하고 나면 선배 전술 통제관이 전화가 온다. "너 왜 아까 뻥 쳤어!" "죄송합니다. 선배님!"

약간의 조롱 섞인 핀잔 전화를 받곤 하지만 뭐 그리 크게 죄지은 건 아니지 않은가, 웃고 말 일이지….

좀 유치하긴 하지만 일종의 기만전술이요 교란전술이 아닌가 하는 생각이 들어 한편으로는 흐뭇하기도 했다. 아무리 첨단 장비로 무장을 한다지만 때로는 재래식 전술이 통할 때도 있기 때문이다.

손자병법이 지금도 널리 읽혀지는 이유는 보편타당한 진리가 그 속에 잠재되어 있기 때문이다.

의문의 군견 실종 사건! 용의자로 지목!

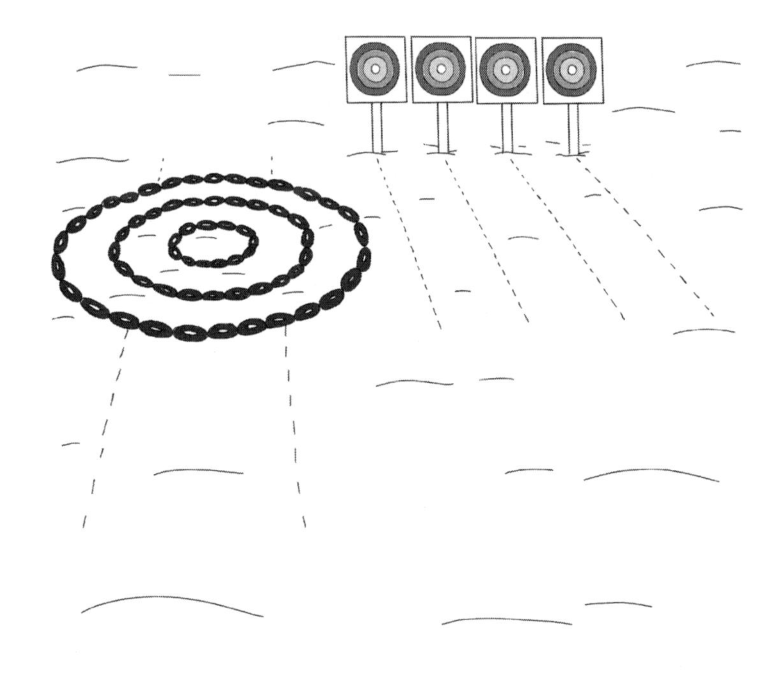

공군에서 운영하는 연습 폭격 훈련장이 여러 곳에 있다.

– 물론 실제 폭탄을 폭격하는 곳도 있긴 하지만….

주로 큰 강가에 위치하며 민가와는 충분한 안전거리를 두도록, 삼각주 같은 모래밭에 설치되어 있으며 목표물을 관리 운영하는 별도의 병력이 주둔하여 민간인의 출입을 엄격히 통제하고 있는데도, 간혹 폭격이나 기총발사 후 그 탄피를 수거하려고 고물상들이 위험을 무릅쓰고 들어오는 경우가 있어 골치를 썩일 때가 있기도 하다.

아무래도 공중에서 지상에 있는 목표를 폭격하려니 타깃을 크게 그릴 수밖에 없다. 그 구체적인 크기는 생략하고 양궁 타깃을 모래밭에 큰 타이어로 여러 겹으로 원을 그리며 만들어 놨다고 보면 된다. 그리고 기관총 타깃은 커다란 광목천으로 원을 그려 몇 도인지 약간을 기울여 세워 놓았다.

일반적으로 공대지 폭격훈련을 하게 되면 6회 정도를 사격/폭격을 하게 되는데, – 2.75인치 로켓탄, – 25파운드 연습폭탄, – 20㎜ 기관포 순으로 발사하는 훈련을 한다.

보통 4대 단위로 훈련을 하게 되는데 폭격장이라는 제한된 공간을 중심으로 비행을 하기 때문에 각 기간 간격이 잘 맞아야 공중 충돌 위험을 피할 수 있어, 편대장은 본인의 스코어에 신경 쓰랴 요기들 챙기랴 보통 바쁜 것이 아니다.

더군다나 실전과 같은 훈련이 되기 위해서는 적의 레이더망에 포착 안 되게 저고도로 패턴을 돌다가 타깃 직전에 급상승하다가 거의 배면으로 내리꽂아 때려야 하고 공격 후엔 대공포의 추적을 회피하는 전술까지 구사해야 하기 때문에 더더욱 어려울 수밖에.

노출시간이 대략 30초를 넘기면 적의 대공화기에 격추된 것으로 간주하기 때문에 급격한 기동을 해야만 한다.

실제 폭탄을 폭격하는 폭격장에서 실전과 같은 훈련을 하는 경우도 가끔씩 있기는 한데, 연습폭탄을 한두 번 투하해본 후 실제 폭탄을 투하하는데, 위험하기 때문에 각별한 주의가 요구되며 혹시 폭격장까지 가는 도중에 잘못되는 일이 없도록 비행경로를 면밀하게 검토해야 한다. 특히 로켓포 36발을 한꺼번에 발사한 적이 있는데 마치 순간적으로 비행기가 정지되는 것 같은 느낌을 받은 적이 있었다.

이러한 폭격훈련장에 편대장급 조종사가 통제 장교로 일주일씩 파견되어, 지상 목표물에 대한 관리와 폭격을 위해 진입하는 전투기에 대해 지상상황을 전파해줄 뿐 아니라, 현지의 풍향 풍속 등 기상상태는 물론 폭격훈련 시 각 기 간의 간격 등에 대한 조언을 해주는 임무를 수행하는 것이다.

공중에서 폭격하는 것도 중요하지만 실제 현장에서 전반적인 상황을 체험하는 것도 큰 도움이 된다고 할 수가 있다….

나는 동기생 다음으로 통제 장교로 가게 되어 버스 정류장에서 마중 나올 차량을 기다리는데, 어느새 나왔는지 두 명이 "필승!" 하고 큰소리로 경례를 하는 병사들을 따라 트럭에 타고 폭격장으로 들어왔다.

공중에서 볼 때는 작은 삼각주라 생각했는데 막상 와서 보니 모래밭이 엄~청 크다. 거기에다 주변은 온통 땅콩이 심어져 있었다.

이 땅콩밭은 섬 안에서 거주하는 세 집에서 대대로 농사를 짓는다고 한다. 타깃하고는 얼마 떨어지지 않았지만 이 사람들은 만성이 되어서 인지 별로 위험을 못 느끼며 살고 있다니….

기총 사격 시 조종사의 오발로 인해 멀리 강 건너 민가에는 피해를 준 적은 있어도 정작 폭격장 안에서 생활하는 주민들은 단 한번도 사고가 없었다니 등잔 밑이 안전한가 보다.

도착한 날 저녁부터 중부 지방을 중심으로 집중 호우가 내려 아침에 눈을 떠보니 폭격장이 물 위에 떠 있는 섬으로 변해 버렸다.

저쪽 마을과 연결된 야트막한 다리는 물에 깊숙하게 잠겨 버리고 출퇴근하려던 영외거주 장병들은 둑길에서 뭐라고 고함을 치더니 만저만치 동네로 사라졌다.

오늘 하루 종일 더 비가 내린다니 비행이고 뭐고가 없다.

병사들이 우의를 입고는 그동안 폭격으로 인해 사방으로 흩어진 타이어를 정리하느라 바쁘게 보내고 있었다.

오전을 침대에서 보내고 나니 몸이 쑤셔서 바깥을 나오는데, 저쪽에서 병장 두 명이 무슨 일인지 몰라도 싸우는 소리가 나서 얼른 고함을 쳐서 말렸는데도, 서로 으르렁거려서 혼쭐을 내줄 요량으로 전원, 완전 무장 집합을 지시하고는 집합이 완료되면 보고하도록 지시하고 방으로 들어왔다.

선임병이 집합 완료했음을 보고해서 내무반 쪽으로 갔더니 이 친구들 긴장들을 단단히 한 기색이다.

지난번 근무했던 동기생이 떠나면서 이 친구들에게, 다음 주에 오는 통제장교는 비행단 내에서도 무섭기로 소문이 나 있으니 지적받지 않도록 주의하라고 하고선 "사령관님"이라고 불러 주면 좋아할 거라고 했다니….

– 동기생 덕분에 사령관 소리를 듣게 되었다.

단상에 올라 막 주의를 주고 폭격장 주위를 한 바퀴, 구보를 시키려고 했는데 폭격장의 마스코트인 "타워"란 녀석이 와서는 왜 그러냐는 듯이 병사들 사이를 어슬렁어슬렁 하면서 돌아다니는 것이다.

그 꼴이 우습기도 해서 약간 웃음 띤 얼굴로 왜 지금 너희들이 기합을 받아야 하는지 알겠느냐며 앞에 서 있는 병사에게 물었더니 그 친구 엉뚱하게도 '타워' 때문이란다.

나도 얼른 이해가 안 되어, '타워'가 뭐 어쨌느냐(?)니까.

"똥도 아무 데나 싸고 해서 없앴으면 좋겠습니다!"라는 거다.

나는 더 이상 할 말도 잊고 비도 오고 해서 웃으면서 그냥 해산을 지시하고는 방으로 들어가서 나른한 오후를 잠시 즐기고 있는데, 밖이 부산하게 움직이고, 뭔가 좀 낌새가 이상해서 주방으로 가 봤더니, 이런! 가마솥에 불을 잔뜩 때고 있는 게 아닌가! "야! 벌써 저녁밥 하냐?"고 물었더니 이 솥 안에 글쎄!

이미 엎질러진 물이다. 더 이상 잘잘못을 따져 무엇 하겠는가!

사령관(?)다운 사태를 수습하기로 하고 작전 지시를 내렸다.

우선 쏘주 특공대를 선발하라!

강을 대각선으로 건너갔다 돌아오는 중요한 임무를 완수해야 하니 수영 실력이 받쳐주는 병사가 필요하다. 자원병 두 명 앞으로!

– 돈이 물에 젖지 않도록 비닐로 감싸서 몸에 묶고….

다음은 이왕 잔치를 벌일 바엔 이 섬 안에 사는 주민들을 초빙하자, 연락병 두 명! 그리고 나머지는 환경 정리도 좀 알아서 하고….

거의 해가 질 무렵이 다 되어서야 모든 준비가 완료되었는지 행사장으로 가시잔다.

"축! 사령관님 주관 군·민 단합대회!"

식당 벽에 커다랗게 써 붙이고는, 섬 내의 땅콩밭 주민들이 집에서 담근 막걸리도 가져오시고 해서 우린 저녁을 겸한 단합대회를 성공리에 마칠 수 있었다. 절대 이 일은 비밀로 하기로 하고….

다음날부터는 날씨가 너무 좋아 하루 종일, 어떤 날엔 야간까지 전투기 편대들이 몰려오는 통에 쉴 새 없이 바쁘게 보내다 귀대했는데, 떠나오기 전에 관리장교인 중위가 오더니 "타워"가 없어졌다며 나보고 물었다. "난 첫날부터 본 적이 없으니 그리 아시오!" 하고 명확하게 선을 그어 버렸다. 도리어 화를 내면서….

월요일 점심시간, 식당에서 식사를 하고 있는데 저쪽 헤드테이블에서 폭격장을 비롯한 후방시설을 총괄하시는 전대장께서 큰소리로 나를 오라며 부르셨다.

약간 구린 데가 있긴 하지만 시치미 뚝 떼고 갔더니만 너 솔직히 말하라면서 "타워" 얘길 하시는 거다.

"저도 올 때 그 얘긴 들었지만, 워낙 비가 많이 와서 물에 휩쓸린 것 같습니다. 그때 보니 소도 돼지도 막 떠내려오던 걸요!"

옆에 계신 단장님께서 고개를 끄덕이시며 "아마 그랬을 거야~ 암튼 수고했어!" 거드시는 바람에 위기는 넘겼지만, 전대장께서는 의문이 덜 풀리신 것 같았다. 의심은 가는데 물증은 없고….

아무튼 타워의 명복을 빌 뿐이다.

정보처장 겸 품질관리실장으로 보임

비행단에는 비행대대만 있는 것이 아니라 정비대대와 무장대대같이 항공작전을 직접 지원하는 부대가 있는가 하면 수송대대라든지 보급대대와 같은 후방 지원을 하는 부서도 있다.

또한, 정보, 인사, 정훈 같은 참모부서가 많은데, 그중에서도 조종사가 보임되어야 할 부서가 몇 군데가 있다.

한 비행단에 조종사 숫자가 많지가 않아 정보처나 품질관리실(QC) 같은 경우는 한사람이 겸직하는 경우가 종종 있었다.

두 직책을 겸직한다고는 하지만 전문적으로 보좌하는 장기근무 하사관들이 있어 그렇게 바쁠 것은 없었다.

– 우선 정보처장으로 있을 때의 에피소드를 한 토막 소개하면, 부대 보안 담당관으로서의 임무가 있는 데, 출입증을 발부해 준다든지 각종 인원, 문서, 시설물, 통신보안에 대한 계획수립과 점검에 대한 책임은 물론 조종사들에게 수시로 적의 군사적 동향은 물론 첩보 위성으로부터 수신되어 분석된 사진 등을 교육시키기도 하는데, 이러한 자료들은 상부로부터 자료를 받아서 시행한다.

정보의 중요성이야 더 이상 말할 필요가 없다고 본다. 허위 정보로 인해 작전을 망친 사례는 전사에 보면 얼마든지 있기는 하다.

– 그래서 우리가 미군에 의존할 수밖에 없다고 보는데, 자주국방이 되려면 뭐니 뭐니 해도 확실한 정보망을 갖추어야 하는 것이다.

적의 구석구석을 실시간 영상 정보로 파악하고 있다면 대응하기란 누워서 떡 먹기 아니겠는가! 언제 어떤 행동을 해올지 모르니까 전전긍긍 할 수밖에, 미군의 정보 수집 능력은 상상을 초월할 정도라고 보면 된다.

한번은 비행장 동쪽 담을 잠시 동안 헐어야 할 상황이 생겼다.

당연히 부대 보안 담당관인 정보처장이 관심을 가져야 할 일로써 보초를 증강 배치하고 공사 인부들에 대한 신원을 확인함은 물론 수시로 현장을 방문해서 혹 보안상 문제점이 없는가를 점검해야 했다. 그 날은 비도 오고 해서 공사는 안 할 것 같아 순찰은 가지 않고 사무실에서 현장으로 전화를 해서 현장소장을 바꿔달라고 했더니 잠시 기다리라며 수화기를 놓고 불러오려고 간 사이에, 켜 놓은 라디오에서 긴급뉴스(!)가 나오는 것이다.

우리 대한 항공 여객기가 쏘련 상공에서 격추된 뉴스인 것이다!

즉시 상황판에 방금 들은 내용을 재빨리 기록해서 단장실로 뛰었다. 불과 30초나 걸렸을까! 보고를 받으시더니 계속 후속 보고를 해달래신다. 대답을 하고 천천히 나오는데 그때서야 헐레벌떡 작전 과장이 단장실 쪽으로 가시기에 무슨 급한 보고라도 있냐고 물었더니 바쁘다며 손을 내 저으신다.

"방금 전에 정보처장이 보고하더라!"

– 작전을 정보가 이긴 한판이렷다.

– 사령부에서 우리 기지 내에 주둔하고 있는 미군정보장교들과 한·미 정보 교류를 해보는 게 어떻겠는가 하고 연락이 왔다.

구체적으로 뭘 어떻게 하면 되느냐니까, 그쪽과 자주 만나 유대강화도 하면서 필요한 정보 같은 게 있으면 보고도 하고, 내 경력에도 도움도 된다는 것이다.

그거야 뭐 어려울 것이 없겠다 싶어 활주로 건너편에 있는 미군 사무실로 가서 다음 날 시내에서 저녁이나 먹자고 했더니 OK란다.

유대강화(?)라면 같이 밥 먹고 술 마시면 최고 아닌가 싶기도 해서… 3명씩 참석하기로 했는데 나부터가 영어 실력들이 좀 그렇고 그랬다.

그거야 그쪽도 마찬가지로 한국어 실력이 영 그렇더라고, 그래서 공동언어로 한글리쉬로 하자고 했다.

– 한글과 잉글리쉬.

밥 먹고 술 마시는데 뭐 그리 대화가 필요한가!

팔 걷어붙이고 좌로 우로 몇 바퀴 돌리고 폭탄주까지 하고 나면 더 이상 유대 강화가 또 뭐가 필요하다던가!

공짜란 없는 걸까! 그다음 주에 미군 측에서 연락이 왔는데, 최신 정보 자산을 보여 줄 테니 같이 가잔다. 자기도 처음이라며.

나는 깜짝 놀랐다. 겉으로는 아무렇지 않은 표정을 짓긴 했지만.

정찰기에서 보내주는 생생한 영상 정보를 보여 주는 것이다!

북의 해군기지에 정박해 있는 함정들, 중부지역 ○○비행장에서 이륙하고 있는 MIG기들! 이렇게 실시간으로 모니터링을 하고 있다니 입이 벌어질 수밖에! 이래야만 전쟁을 할 수 있고, 전쟁에서 승리할 수 있겠다 싶었다.

– 품질관리실장 이야기

한마디로 품질관리실장이란 시험비행을 해야 하는 직책이다.

미국의 항공기 제작회사의 시험비행이야, 목숨을 건 비행이라고 할 수밖에 없는 것이 아직 모든 성능이 검증되지 않은 상태에서 테스트를 목적으로 하기 때문에, 그야말로 위험 그 자체라 할 수 있겠지만, 우리의 경우는 비행단 차원의 큰 규모의 정비를 했을 때, 즉 야전정비를 한 후 QC 실장이 시험비행을 하여 정비한 부분을 중심으로 점검을 하는 것이다.

제공호는 E 타입은 혼자서 비행하는 단좌기이고 F 타입은 둘이서 타는 복좌기로 구분되어 있어, 복잡하고 어려운 임무라던 지 시범을 보여야 할 경우, 또는 날씨가 좋지 않은 날에 임무를 수행해야 할 경우에는 복좌인 F 타입을 투입하고 있으며 그래서 제공호를 KF-5E/F로 표기하고 있는 것이다.

– 좌석만 하나 또는 두 개이지 모든 기능은 같다고 보면 된다.

숙련된 정비사들로 구성된 QC 요원들은 정밀하게 정비사항들을 처음부터 꼼꼼하게 검사할 뿐 아니라, 시험 비행 시 실장에게 정비사항을 보고하며 공중에서 중점적으로 점검해야 할 항목을 브리핑

해 준다. 각 계통의 숙련된 정비사들인 상사 및 준사관들로 구성되어 있어 믿고 비행해도 무방하다.

특히 엔진계통의 고장이었거나 엔진을 수리 또는 교체를 했을 경우에는 공중에서 엔진을 하나씩 끄고 또 재시동 후 다른 쪽 엔진을 끄고 재시동하는 절차를 밟아야 하는데 이때가 제일 긴장되는 순간이기도 하다.

왜냐면 땅에서는 아무리 항공기에 이상이 없다 한들 공중에서는 다를 수 있기 때문이다.

두 엔진으로 비행하다가 한쪽 엔진만 꺼도 왜 그렇게도 조용한지!

시험비행을 한 지 50회 정도가 지났을 때, 작심하고 동시에 두 엔진을 동시에 끄고는 활주로를 향해 5초 정도 활공한 적이 있었는데, 조~용! 그 자체, 하늘의 적막(?)을 맛보았다고나 할까!

순간, 갑자기 극도의 공포심을 느껴지기도 했지만 공중 재시동(Air Start)을 시도하고 다시 윙~! 하고 두 엔진이 살아났을 때의 그 희열은 뭐라고 해야 하는 지….

– 다시는 그런 무모(?)한 짓은 할 수가 없더라고.

시험비행 100회 동안 한 번도 재시동이 안 된 적이 없었다.

혹시, 그러한 사태에 대비하여 시험비행 공역은 특별하게 활주로 직 상공에서 할 수 있도록 허용되어 있으며, 관제탑에서는 다른 항공기의 접근을 차단해 주고 있기도 한다.

시험비행 항공기는 일체의 외부 정착물을 달지 않고 연료도 내부 연료만 실어, 이륙 중량을 최대한 가볍게 해서 체공 시간이 채 30분도 안 된다.

정비사들은 본인들이 정비한 비행기가 안전하게 이륙하고, 아무 이상 없이 착륙하는 지를 공중에 떠 있는 동안 기도 하듯 기다리고 있다고 들었다. 나는 이러한 정비사들의 마음을 이해하기에, 그들에게 보답이라도 하듯 시험비행을 끝내고, 착륙하기 전에 관제탑보다는 약간 높지만 낮은 고도로 진입해서는 고속으로 급상승을 하곤 했는데, 정비사들이 내가 귀환할 때쯤에 밖으로 나와서 환호를 한다는 것이다.

나는 아무렇지도 않게 몇 번인가를 지축을 뒤흔들만한 굉음을 내면서 활주로 상공을 로케트마냥 상승했는데 이게 문제가 된 것이다. 안전을 담당하신 실장(대령)께서 나를 부르시더니 왜 규정에도 없는 짓(?)을 하느냐고 나무라시는 것이다. 규정(?) 맞는 말씀이긴 하다.

시험비행 규정에는 조종계통 즉 앞뒤 날개라든지 꼬리날개나 조종간에 이상이 생겼을 때에만, 정비 후 저고도 고속비행을 활주로 상공에서 할 수 있게 되어 있어서 그걸 지적하신 것이다.

그분도 다른 비행단에서 더 많은 횟수의 경력을 가지신 분이라 달리 할 말이 없었다.

"실장님! 비행장에 전투기 소리가 나야만, 민간인들이 아~! 잘 지키고 있구나! 하실 것 아닙니까?" 꿀밤만 한 대 맞았다.

공군 소령, 육군대학 입교를 명받았습니다!

그 당시 육군대학은 진해항이 내려다보이는 언덕에 위치하고 있었으며 캠퍼스 내의 벚꽃은 시내 어느 곳보다 오래되고 아름다웠다.

학교는 전쟁 중이던 1951년 대구에서 창설되어 1954년에 진해로 이전하였다.

공군대학을 갈까 하다가 육군에 근무하는 친구가 육군대학에 지원해 보라고 권유해서 그쪽으로 지원 했다. 고참 소령이 되고 비행경력도 어느 정도 숙달되고 보니 개인 발전을 위한 경력 관리도 신경써야 되는 것 같았다. 대학원 위탁 교육을 간다든지, 외국의 참모대학을 간다든지 하는데 아무래도 외국어 실력이 좀 부족함을 잘 알고 있었다. 우리말로 공부하는 곳으로 가야겠다고 생각했다.

일 년 과정이라 가족들과 함께 이사를 했는데, 큰애는 초등학교, 둘째는 유치원에 다녀야 했다.

전국에서 단기간에 이사를 가장 많이 하는 곳이 육군대학이라는 소문이 있는데 그도 그럴 것이 한 차수가 160명이었는데 2주일 내에 가고 오고 해야 하니 이삿짐 차가 무려 320대가 필요한 셈이다. 일년에 두 차수가 오버랩 되니 무려 640대가 되는 셈이다.

나는 육군대학에 와서야 비로소 육군의 규모가 얼마나 큰 조직인지 알았다. 대부분이 소령이었는데, 우리 기수, 다음 기수, 참모과정 등 학생들만 거의 500명에 교관들까지 합치면 그 인원에 놀랄 수밖에.

그 당시 전조종사 수를 합친 것과 비슷했으니까.

우리 기수(홀수)에는 미군을 포함해서 일본, 필리핀, 인도네시아 등 외국군 장교들도 다수 있었다.

군에서는 모든 것이 서열 순이다. 육, 해, 공 순으로 해서 나는 해병(해군소속)장교 다음으로 서열이 정해졌다.

육군장교들은 육대 성적이 중간 평가의 성격을 가지는지 공부에 엄청 신경을 곤두세우는 것 같았다.

가끔씩 공부하다가 머리가 도는 학생도 나오고 해서 학교 당국에서는 공부도 좋지만 서로 친교도 맺고 그동안 야전에서 쌓인 피로도 푸는 기회를 삼으라고는 하지만 시험 때는 집집마다 불이 꺼지지 않는다.

– 우리 집은 빼고… 하도 공부들만 하니까, 거의 일주일 단위로 회식을 장려하는 것 같았다. 아파트의 경우 골목 회식, 같은 층 회식, 대각선 회식이 있는가 하면, 같은 병과 회식, 출신 기수별 회식, 같은 성씨회식(종친회), 각 분임별 회식 등 다양한데 가장 웃기는 모임은 단연 팔광회(?)다. 대머리들의 모임인데, 그것도 명확한 기준이 있더라고 벗겨진 정도가 눈썹으로부터 몇cm 이상이 돼야 한다나! ㅎㅎㅎ

– 보병. 포병은 워낙 숫자가 많아 모임은 생략.

봄, 가을 두 차례의 교내 체육대회를 하는데, 그 스케일이 어마어마한 것이, 이어달리기의 경우 연병장 한 바퀴씩을 도는데 두 개 차수의 1번부터 시작해서 160번까지, 그러니까 160바퀴를 도는데 어느 팀이 얼마큼 앞서는지 자세히 보지 않는 한 알 수가 없었다.

– 두 시간 반 이상은 걸렸으리라.

테니스 시합은 또 어떤가, 잘 치고 못 치고를 떠나 우리 팀 1, 2번과 다음 팀1, 2번은 1번 코트, 3, 4번끼리는 2번 코트 이런 식이니까 며칠은 걸린 것 같았다.

웃기는 것은 비슷한 실력끼리 붙을 경우에는 응원도 하고 볼만도 한데, 어떤 코트에 가보면 한쪽은 선수급인 방면, 한쪽은 처음이라 라켓을 빌려서 나오긴 했는데, 서브는 거의 손으로 던지다시피 하기도 했다. 이러니 시간이 얼마나 걸리겠는가.

그다음이 줄다리기다. 아마 우리나라에서 제일 긴 줄이 아닌가 싶다. 인근 해군 부대에서 빌려 왔다는데 양쪽으로 320명이 잡고도 남았으니….

체육 대회가 끝나는 저녁때의 뒤풀이가 또 거창했다.

넓은 연병장에 깃발을(1-1, 3-5) 군데군데 꽂아 놓고는 아파트 골목별(10세대), 또는 독립관사 거주자도 10세대 규모로 위치를 정해 주어 깃발주위에 모여 앉게 하고는, 트럭으로 다니면서 맥주 한 박스씩 을 나누어 준다. 미리 각 단위별로 약간의 음식을 마련해 와서 애들과 함께 저녁 겸 술도 마시는데 연병장 중앙에는 밴드가 사방을 보며 흥을 돋우고, 사회자가 장기자랑을 시작한다면서 깃발 번호를 호명하면 가까운 마이크 앞으로 가서 노래든 만담이든 하게 된다. 마이크도 여기저기 수도 없이 많이 준비했다.

무려 1,000명 가까운 인원이 적극적으로 참여할 수 있도록 준비를 한 것이다.

어둠을 비추는 조명이 켜지고 서치라이트가 공중을 어지럽게 비추더니, 군악대의 빠른 템포가 연병장을 울리자, 그 많은 사람들이 누가 시키지도 않았는데도 어린애 어른 할 것 없이 전부 자리에서 일어나서 신나게 어울리며 춤들을 추는 것이다.

장엄한 한편의 군무를 보는 것 같았다.

– 기획력이 놀라울 뿐이었다.

공병장교가 공군장교로 변신(?)

육대에서도 정기적으로 한 달에 한 번 반상회를 하곤 했지만 그때마다 대부분 주부들이 참석한다. 남자들은 공부 아니면 회식 자리가 많아서….

한번은 집사람이 반상회에 갔다 오더니 심각하게 나를 불러 세우는 것이다. 다짜고짜로 당신 혹시 며칠 전 밤중에 초병들에게 커피와 빵을 갖다 준 적이 있느냐는 것이다.

"아니 나도 바쁜 몸인데 그럴 시간이 어디 있느냐!"니까 오늘 반상회 때 있었던 일을 설명하는데, 반상회를 주관하시는 행정처장께서 갑자기 공군장교를 찾더라는 것이다. 집사람은 잘못 말한 줄로 알고 그냥 있었는데 다시 한 번 찾기에 자리에서 일어섰다는 것이다. "공군장교는 밤중에 수고한다고 초병들에게 커피며 빵을 갖다 주는데, 도대체 육군장교들은 뭘 하는지 모르겠다."며 박수로 칭찬을 해주자고 해서, 졸지에 박수를 받긴 했는데 도대체 어찌 된 일이냐는 것이다.

그때는 공군장교가 나밖에 없었는데, 귀신이 곡할 노릇이지.

다음날 학교에 갔더니 후배들이 나를 빙 둘러서더니, 선배 좀 이상한 방향으로 학교에 환심을 사려고 하는 게 아니냐며 놀리는 것이다. 손을 흔들어가며 그런 일 없다고 했더니 한마디로 웃기지 마쇼다. 나도 궁금한 일인데 이미 소문은 좋게 나고 아마 육대 총장님께도 보고가 됐으리라….

그렇다고 내가 일부러 해명하러 다닐 필요는 없을 것 같아 가만히 있었다.

며칠 뒤 우연히 알게 된 사건의 전모는 이렇다.

모 장교가 커피와 빵을 들고 첫 번째 초소를 찾아가서 수고한다며 전달했겠다. 초병은 즉시 당직실로 커피와 빵에 관한 내용을 보고 할 수밖에, 당직하사관이 누구냐고 물었더니 모른다는 것이다. 즉시 다음 초소에 연락해서 꼭 신원을 확인하라고 지시를 한 것이다.

다음 초소에 도착한 커피맨이 먹으라며, 커피를 줄려고 하니 관등성명을 밝혀주셔야만 먹겠다고 고집을 부린 것이다.

이 친구 하는 수 없이 빠르게 말하기를 "12동에 사는 공병장교야." 하고 말했는데, 이 초병이 잘못 알아듣고는 공병을 공군으로 보고한 것이다.

12동에 사는 공군장교라니 나밖에 더 있나요.

- 그 공병장교 덕분에 공군의 선행을 알릴 수 있었으니….

중령으로 진급되다

졸업을 한 달 앞두고 중령으로 진급을 하게 되었다.

소속 부대인 비행장으로 올라와 단장님께 신고를 드리고 다시 육대 총장님께도 진급 신고를 드렸다.

졸업을 앞두고 그동안 배운 전술을 전방부대에서 적용해 보는 전방 실습을 가기 위해 이미 12명씩 사단편성이 되어 있었다.

그중 제일 선임자가 사단장이 되고 참모장, 작전, 인사, 군수참모 등으로 각자 역할 분담을 하여, 현지 사단에 대한 작전계획을 학교에서 배운 대로 수립해 보는 실습이다.

실습계획을 짤 때만 해도 소령이었으니 육해공 서열 순에 따라 꼴찌사단의 공병참모가 내 임무였는데 졸지에 중령으로 진급이 되고 보니 학생장으로 껑충 뛰어 끝에서 맨 앞으로 순번이 바뀌어 버렸다. 역시 서열을 중시하는지라 출발할 때부터 바빴다.

– 출발 신고하랴 도착해서는 현지 사단장님께 신고하랴.

도착해서 간단하게 현 사단의 작전계획을 브리핑받고는 학생사단별로 나뉘어 배운 대로 계획을 수립하느라 바쁘게들 보냈으나 나는 학생장으로서 주로 교관들과 함께 학생들을 감독하느라 뒷짐만 지고 보낸 것 같았다.

그래서 군에서는 계급이 좋다는 것일까!

우수논문 심사 대상으로 선정

이제 본격적인 졸업준비를 해야 하는가 보다.

전방 실습을 갔다 오자마자 우수논문 심사가 있으니 심사 대상자는 ○○강당으로 집합하란다.

사실 나는 대상자라고는 생각도 못했다. 몇 달 전부터 논문제출 말이 나올 때부터 별로 신경을 쓰질 않았기 때문이다.

한번은 도서관에 가서 자료도 좀 찾고 졸업시험 준비도 하려고 입구를 들어서는데 후배들 서너 명이 모여 있다가 나를 보더니 웬일이냐길래 나는 도서관 오면 안 되느냐니깐, 세 명이 달려들어 못 들어가게 밀쳐내는 바람에 들어가 보지도 못하고 쫓겨(?)나오고 말았다.

– 도서관 이미지 버린다나!

여름날 오후 시간은 얼마나 나른하던가.

더욱이 교양 강좌도 아닌 군대 논문 발표니 오죽할까!

논문 발표를 위해 모인 학생들이나, 심사를 하러 온 교관들이나 별로 유쾌한 기분들은 아닌 것 같은 분위기였다.

내 순서는 보나 마나 꼴찌라, 20여 명이 10분씩만 발표해도 3시간 이상이 걸릴 것이라는 계산이 되어 아예 조는 둥 마는 둥 하며 지루한 시간을 보내고 있었다.

지루함의 한계점이 왔다고 생각한 순간 마지막으로 내가 단상으로 올라갔다. 우선 교수 부장께 경례를 하고 "지금부터 논문 내용을 요

약해서 보고 드리겠습니다." 하고 잠시 머뭇거리고 있는데, 심사위원장인 교수부장님께서 "어~! 공군장교 됐어요! 그만 내려오시요!" 하시는 것이다.

모두들 "왜 그러시지!" 하는 순간, "심사는 이것으로 마칩시다! 다들 수고했어요!" 하시며 자리에서 일어나 나가시자 다른 심사 위원들도 다들 따라서 나가는 것이다.

나는 내 논문이 워낙 형편이 없어서 들을 것도 없어서 그러시나 생각도 들고, 한편으로는 어차피 떨어질 바엔 잘 된 일이라고 자위하면서 집으로 왔다.

집사람이 발표 잘했느냐고 묻기에 실실 웃기만 하니까 더 궁금했는지 꼬치꼬치 묻는 거다.

"아줌마 삽바도 못 잡았소!"

대강당에 모여 곧 있을 졸업식 예행연습이 한창이다.

논문 담당 교관이 같은 학번의 동기생인데, 지나가다가 나를 보더니 손짓으로 오라는 것이다. 축하한다며 악수부터 하고는 우수논문으로 선정되어 수상을 할 거라는 것이다.

평소 우리끼리 모이면 농담들을 많이 하는 편이라 "야! 웃기지 마라, 학생 가지고 장난 하냐!" 하고 어깨를 한방 쳤다.

그 친구는 이따가 연습 때 보자며 강당 안으로 들어가 버리고.

나는 혼자서 씨익 웃었다. 글이라고는 사관학교 시절에 시간에 쫓

기듯이 써낸 이순신 장군님 시(?)가 전부인데….

여기엔 분명, 뭔가가 있을 법했다. 그렇지 않고서야 우수논문이 될 리가 없는 것이다. 그 공병장교의 도움이 크게 작용했으리라!

어디 공병장교뿐이겠는가, 그때 두 번째 초병의 보고가 정확하지 않은 것도 톡톡히 한몫을 한 것이리라.

나의 수상 때문에 불똥이 튄 친구들이 있었으니 다름 아닌 해병 용사들이었다. 육대 졸업식에 초청을 받은 진해지구 해병 지휘관께서, 단상에서 보아하니 공군장교는 혼자 와서 상을 받는데, 해병장교는 무려 네 명씩이나 와서도 단상 근처에는 얼씬도 못하니까 단단히 화가 나신 모양이었다.

– 졸업식이 끝나기가 무섭게 정복 차림으로 연병장을 뛰어야 했다니….

그러게들 평소에 공부를 열심히 해서 우등상을 받던가, 아니면 커피나 빵을 초소마다 나르시든가 하시지들!

야전군 사령관님과 전국일주 비행!

그동안의 과정이야 어떻게 됐든지 간에, 경쟁이 심한 육대 교육에서 두서의 성적(?)을 거두었으니, 금의환향을 한 것이 아니겠는가!

귀대 신고를 하고 차를 마시는 자리에서, 비행단장님께서 육대에서의 성과를 칭찬해 주시니 좀은 쑥스럽기까지 하더라고.

나도 칭찬받을 때가 있구나 싶고 한편으로는 좋기도 했지만….

그 무렵 국방부 장관의 지시사항이 하달되었는데, 각 군의 참모총장을 비롯한 고위 장성들은 타군과의 이해증진을 위하여 상호 방문하도록 하라는 것이었다.

우리 비행단과 근거리에 있는 제○군 야전군 사령관의 방문이 일주일 앞으로 다가왔다.

단장님께서 부르시더니 국방부의 지시에 근거하여 방문계획을 세워 보라고 지시하였다. 누구보다도 자네가 육군의 생리를 잘 알 것이라면서… 시키는 대로 해야지 어쩔 수 있겠는가!

나이도 드신 분에게 공군을 이해시킨다고 전투 조종사의 고난도 공중기동을 보여준들 그분이 견디어 내시겠는가!

어느 해인가 국회 국방위원들을 전투기에 태워서 살~짝 맛을 보여줬다가 전부 토하는 바람에 역효과를 봤다는 얘기를 들어 잘 알고 있었기에, 난 내 나름대로의 좀 신선하고 즐길 수 있도록 계획하기로 했다. 전투기를 타는 것이 힘들다는 것을 굳이 시범을 통하여 보여줄 필요는 없다고 생각했다. 4성 장군 정도의 군 경력이라면 뭐든 모르시겠는가!

나는 세부적인 비행계획은 누구에게도 보고 하지 않고, 다만 옆에 한 대를 더 붙여 편대로 전국을 순회하는 정도로만 단장님께 보고 드렸더니 그대로 하라고 승낙하셨다.

드디어 4성 장군 성판을 단 승용차가 헌병에스코트 차량의 안내를 받으며 비행대대 현관에 도착했다. 나도 영접대열에 끼어 오늘 같이 비행하게 될 조종사라고 소개를 드린 뒤 브리핑실로 안내하였다. 그리고는 육군대장 계급장이 붙은 야전 군복을, 공군대장이 어깨에 붙은 조종복으로 갈아입으시도록 도와드린 후 브리핑을 시작했다.

제일 먼저, 반드시 주의하셔야 할 점을 말씀드렸다. 주의할 점이란 비상 탈출 장치 같은 것으로, 혹시 잘못 만졌을 때에는 치명적인 손상을 가져올 수 있는 경우를 말하는 것이다. 그래서 양손을 무릎 쪽에 가지런히 놓으시도록 말씀드렸다. 혹시 불안해하실까 봐 비상 탈출을 해야 할 상황이 발생 되면 앞에서 알아서 조치할 터이니 안심

하셔도 좋다고 말씀드렸더니, 안도하시는 것 같았다.

– 사실은 무슨 일이 생길지는 누구도 모르는 일이지만 그래도 비행 사고는 자동차보다 더 안전하다고 통계상으로 증명되고는 있다.

그리고 만일의 사태에 대비해서 2번기가 옆에서 호위할 것이며 무엇보다 안전을 최우선으로 유의해서 비행하겠다고 보고 드렸더니 고개를 끄덕이셨다.

전체적인 비행경로로, 이륙해서 최전방 00사단장과 교신을 한 후 서해 상의 백령도를 보고, 군산 방향으로 기수를 돌려 88고속도로를 따라 대구 근처에서 한두 바퀴 선회 후, ○야전군사령부 상공을 지나 기지로 귀환하는 경로가 되겠다고 말씀드렸다.

소요되는 시간은 50분 정도가 되겠으며 중간 중간에 초음속 돌파 시범비행과 3만ft 이상의 고공비행도 보여 드리겠으며, 비행 도중 혹시 불편한 점이 있으시면 말씀해 주십사 하고 브리핑해 드렸다.

현기증이 나신다거나 하면 즉시 가까운 비행장으로 착륙을 하도록 하겠으니 안심하시고 비행을 즐기시라고 말씀드리고는 브리핑을 마쳤다.

전투기를 처음 타보는 분들에게는 모의 비행 장치와 가속도 경험을 한 후 탑승해야만 좀 더 쉽게 이해가 되고 도움을 줄 수가 있는데, 군사령관님 같은 분은 공수훈련경험도 많으시고 건강하시기에 약간의 설명으로도 충분하다고 본 것이다.

우리 '브라보' 편대는 브리핑을 마치고 이륙시간에 맞추기 위해 비행기가 주기되어 있는 이글루로 가서 외부 점검을 한 후 좌석에 올랐다. 나는 사령관님이 뒷좌석에 먼저 탑승하시는 것을 도와 드린 후 아까 브리핑 때 말씀드렸던 주의해야 할 스위치 등을 다시 한 번 가리키면서 알려 드렸다.

'브라보' 편대는 이륙을 위해 활주로 상에서 마지막 점검을 마치자 정비사의 엄지손가락이 위로 올려진 후 고개를 끄덕이며, 곧바로 두 대가 동시에 브레이크를 떼면서 최대 출력을 넣고서는 우렁찬 폭음을 뒤로하며 이륙을 시도하고 있었다.

백미러를 슬쩍 보니 옆에 바짝 붙은 2번기가 불안해 하신건지 계속 옆만 보시기에 저 친구가 소령급에선 베테랑이라고 인터폰으로 말씀드렸더니 고개를 끄덕 끄덕 하셨다.

일단 이륙이 완전히 이루어진 후 2번기가 경계대형을 유지하기 위해 약간 떨어지자 좀 안심이 되셨는지 좌우를 쳐다보시면서 역시 빠르다고 말씀하신다. 이제 겨우 시작인데도….

곧장 전방 사단장을 공지 통신망으로 불렀더니 기다렸다는 듯 응답이 왔다.

"00사단장 ○○○ 소장입니다! 전방 이상 없습니다. 위치가 어디십니까?" 거의 직상공에 왔다고 하자 "그래, 직상공이야!"라고 대답하시는 거다. – 뒤에서는 계속 빠르다고 말씀하시고….

다시 ‘브라보’ 편대는 서쪽으로 기수를 틀어 백령도를 향하고 2번기는 좌측에서 북쪽을 경계하면서 비행하고 있었다.

“군사령관님 저기 우측 밑이 개성이고 그 앞쪽이 연백평야입니다. 그리고 지금 적의 지대공 레이더가 우리 편대를 추적하고 있는 것이 탐지되고 있습니다!” “아~ 같은 민족끼리 언제까지 이러고 살아야 하는지….” 혼자 말처럼 하신다.

잠시 후 “저기 우측 두 시 방향에 있는 섬이 백령도입니다.”

여기서 기수를 군산 방향으로 150도로 돌리는 중간에 중국의 산동 반도가 희미하게 보이기에 말씀드렸더니 역시 빠르다고 하신다.

이왕 빠르다고 하시니 마침 바다 상공이고 해서 진짜 빠른 맛(?)을 보여드리기 위해 초음속 돌파를 하면서 지금 속도가 음속돌파를 했음을 속도계를 통해 확인시켜 드렸더니 더 이상 빠르다는 말씀은 없으셨다.

– 육지 상공 저고도에서의 음속 돌파는 금지되어 있으며 특히 인구 밀집지역에서 음속 돌파 시는 통과지역 주민들의 고막에 이상이 생기고(고막 파손) 닭이 알을 낳지 않는 등 심각한 부작용이 있어 더더욱 금지되어 있음.

이윽고 편대는 군산을 지나 얼마 전 중공폭격기가 불시착한 ‘이리’ 근교 상공에 도달해서, 약간의 경사를 주면서 바로 앞 아래에 있는 현장을 보여드리곤 88 고속도로를 따라 대구 쪽으로 향했다.

불과 몇 분 지나지 않아 대구가 보이자 낙동강을 끼면서 우측으로 선회를 한 후 1~2분 지났을까 뒤를 보니 좌로 고개를 돌리시고 밑을 내려다보시기에 잘 보실 수 있게 약간 경사를 주었더니만.

"어! 최 중령 어떻게 알았지?" 하시기에 부관에게 물어봤다고 하면서 좀 더 잘 보이도록 고도를 낮추었더니만 "저기 강가에 미루나무 보이지!" 하시는 거다. 공중에서 보면 거기가 거기다. 당신은 고향이니 잘 아시겠지만, 나야 앞을 보랴, 계기 점검 하랴, 2번기 위치 파악하랴, 한곳만 자세히 볼 수가 없었다.

1번기인 내가 고도를 낮추자 눈치 빠른 2번기가 재빨리 빠짝 가까이 붙었다. 속도를 증가시키면서 미루나무 직상 공에서 급상승하자 2번기도 같이 "V"자를 그리며 급상승하면서, 아래를 보니 동네 분들이 손을 흔들어 주신다.

"저기 사촌 큰형님도 보이는구먼!"

"최 중령 우리 집에서만 이럴 게 아니라 각하 선영에도 한번 가볼까!" 하시는 거다. 각하 선영이라 불충(?)스럽게도 어딘지 알 수가 없었다.

그렇다고 모른다고 했다간 후환(?)이 두렵고 해서 약간 우측으로 기울였더니 "저~기 보이지 무덤이 몇 개…." "라~줘!" 씩씩하게 대답은 했다. "그럼 세배를 드리고 가겠습니다!" 하고는 상승하면서 세 바퀴를 크게 돌면서 기수를 북쪽으로 향했다.

– 공중에서 각하 선영에 참배를 한 최초의 군인이 된 셈이다.

귀환 도중 군 사령부로 비행하는 데, 마침 전방 레이더에 큰 물체가 포착되었다.

"전방 30㎞ 지점에 미식별 항적이 포착되어 접근, 확인하면서 귀환하겠습니다!" 후방석 중앙에도 똑같이 레이더가 있으므로 지켜보시게 한 후 초고속으로 접근했다.

2~3분 뒤 그 물체는 민항기로 판명되어 후방 밑에서 우측으로 빠지면서 아까의 그 미식별기가 바로 옆 여객기라고 말씀드렸더니,

"아~ 우리 여객기가 쏘련 상공에서 이렇게 격추당했구나!" 하시는 거였다.

이윽고 미리 부관에게 알려준 시간에 맞춰 사령부 상공에 도착했다. "여기는 또 어디요?" 하시는 거다. 고도가 갑자기 바뀌면 잘 아는 곳도 모를 수가 있다. "사령부 상공입니다!"

"아~ 그래~, 저기 참모장도 나와 있구먼!"

휘~익 한 바퀴 돌면서 귀환하겠다고 말씀드렸다.

"잔여 연료가 얼마 없어 기지에 착륙하겠습니다."

그리고 5분 후 '브라보' 편대는 기분 좋게, 바쁜 일정(?)을 마치고 무사하게 기지에 착륙했다.

다시 이글루로 와서 수고하셨다고 하니까, 다음 스케줄을 물으신다. "목욕을 하시고, 만찬이 준비된 걸로 알고 있습니다." 대답했더니 만찬장에 나도 오느냐고 하시기에, "저는 못 갑니다." 하고 대답했다. 그랬더니 "무슨 소리야! 최 중령이 와야지." 말씀하시는 거였다.

우리 '브라보' 편대원들은 여러 장의 사진을 제공호 앞에서 찍은 후 군사령관님은 비행단장의 안내를 받으며 가셨다.

나는 상급 사령부로부터 비행계획에도 없는 비행을 했다며 호된 추궁을 받았으나, 임무를 만족스럽게 생각하시는 것으로 위안을 삼았다. 원래 좀 못 말리는 놈이니까!

2번기와 함께 뒷정리를 하고 있는데 긴급하게 만찬장으로 오라는 연락이 왔다. 그 자리엔 공군 측 사령관을 포함해서 장군들로만 참석하도록 계획되어 있었다.

만찬장에 도착해서 안으로 들어가니 중앙에 앉으신 육군 사령관께서 바로 옆에 앉은 지역 사단장을 저쪽으로 가서 앉으라고 하시곤 나를 그 자리에 앉게 하시는 것이다. 순간 좀 당황스럽기도 했지만 앉을 수밖에! 그러면서 잔에 술을 따라 주시고는 일어나시더니,

"내가 공수부대 있을 때부터 수차례 비행기를 탔었는데 오늘처럼 즐겁게 비행해본 것은 처음이다. 우리 최 중령을 위하여 건배합시다!" 너무 황송해서 몸 둘 바를 몰랐다.

건배가 끝나자 공군 사령관께서 최 중령이 군사령관님을 위해서 건배 제의를 하라고 하셔서 "태어나서 오늘처럼 큰 영광이 없습니다. 가문의 영광으로 길이 간직하겠습니다! ㅇ군사령관님을 위하여!!

○군사령관 말씀 중에 사실은 집사람이 꿈자리가 너무 나빠서 비행하는 걸 말릴까도 생각했었는데, 무사히 착륙했다고 하니까 무척 좋아하더라고 부관이 전하더라는 것이었다.

이렇게 인연이 되어 ○군사령관께서는 좋은 선물 같은 것이 들어오면 꼭 부관을 시켜 내게 보내 주시곤 하였다.

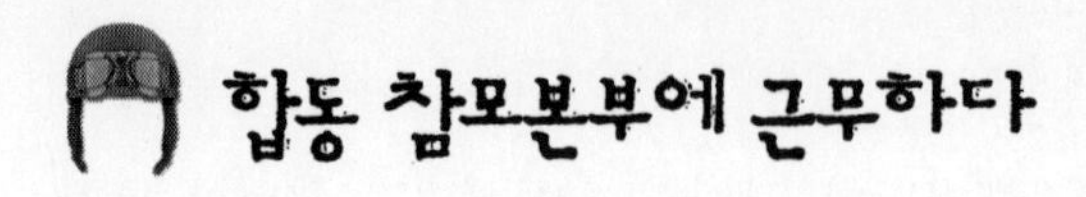

합동 참모본부에 근무하다

그 다음해인가 합동 참모본부에서 근무 중인 선배한테서 육군대학도 나오고 했으니 그쪽에 와서 근무해볼 의향이 없는 가고 물어왔다.

안 그래도 비행단 외엔 상급부서에서 근무해 본 경험이 전혀 없는 내겐 좋은 기회일 것 같기도 해서 고맙다고 얘기 했더니 한 달인가 있다가 발령이 났다. 그야말로 군의 최고 참모 기구로서 전 군의 작전/훈련뿐만 아니라 미군과 연합작전/훈련을 계획하고 통제하며, 국방부 장관에 대한 작전참모의 일부분을 담당하는 것 같아 뿌듯했다.

국방부 청사의 몇 개 층을 사용하는 합참은 그야말로 대낮에도 별들이 번쩍거리는 곳이다. 복도에서 걸어가다 보면 저만치 소령이 오나 보다 했는데 가까이서 보면 준장님이다.

위관급 장교는 아예 구경하기 힘들고, 수요일 대청소 때 보면 유리창 청소는 주로 중령 몫이다.

나는 합참에 오고 나서 크게 후회해본 것이 영어 실력이 형편없다는 것이다. 내가 맡은 보직이 미군과 관련이 있는 연합훈련담당 장교이라서 주로 연합사와 문서로 오고가야 할 것이 많았다.

문서가 아니고 대화로 한다면 손짓 발짓으로 대충 하겠는데, 공식적인 문서로 모든 업무가 처리되다 보니 정식 양해 각서가 교환되기 이전 실무접촉부터 문서로 교환해야 한다. 더군다나 그때는 소규모 연합 훈련도 많았지만 팀스프릿 같은 4대 훈련이 있었기에 영어 때문에 죽을 지경이었다. 오죽했으면 이방 저 방 영어 잘하는 장교들을 밥 사주며 술 사주며 영어 구걸(?)을 하고 다녔을꼬!

비슷한 시기에 나와 같은 처지의 연합사 파견 동기생과 영어 설움(?)을 자주 토로하기도 했었다. 그 친구는 아예 같은 부서의 미군장교를 영어 과외선생으로 두기도 했지만 나는 그나마 구할 수도 없었다.

더욱 나를 힘들게 하는 것은 같은 과의 육·해군 장교나 다른 과의 장교들은 내가 영어를 잘하는 줄로만 알고 있다는 것이다. 그렇게 생각할 수밖에 없는 것이 내 전임자도 영어를 잘했고, 공군장교라면 으레 잘할 것으로 여기니 어쩌겠는가!

겨우겨우 인간성(?) 하나로 버틸 수밖에….

한국 합참의 상대역은 미 합참이나, 예하 부대인 연합사가 그 임무를 대행하고 있는 것이다. 연합사령관이 전시작전통제권과 평시의 연합훈련에 대한 실질적인 권한을 가지고 있기 때문에 4대 연합 훈련의 경우 MOU에 의거하여 실시하여야만 하는 것이다. NLL의 경우 아무리 대통령이라 하더라도 함부로 말할 수 있는 것이 아니다.

한 마디로 국지전을 포함해서 한반도에서의 작전권은 연합사령관에게 있다고 보면 된다. 한국군 단독 작전계획도 미군의 양해하에 계획되어야지 그렇지 않을 경우 정치문제로 비화될 소지가 큰 것이다. 미군의 군사력은 새삼 언급 할 필요가 없지만, 전 세계를 상대로 항상 전투와 전쟁을 하고 있다고 보면 된다.

아마 전력을 따진다면 전 세계의 군사력을 합친 것보다 우세하리라 본다. 그 배경에는 정확한 정보력, 실전 같은 훈련, 국가에 대한 충성심. 막강한 국력이 뒷받침이 되지 않겠나!

나는 합참근무를 통해서 많은 것을 배웠다. 연합훈련과 교리담당 장교를 겸하고 있었기에 전술차원이 아닌 전략과 정략에 대해서도 어렴풋이나마 알 수 있는 계기가 된 것 같았다.

연합사의 파트너들은 같은 자리에 10년 이상을 근무한다고 하니, 우리처럼 달랑 2년 정도 근무하는 사람과 제대로 대화가 되겠나 싶었다. 개인적인 견해이긴 하지만 적어도 정부부처의 국장급 이상, 국회의원들에게는 국가전략과 군사전략 정도는 숙지토록 해야 한다고 본다. 그래야만 큰 혼란을 방지할 수 있는 것이다.

그 다음해 1월 1일날 합참 당직 근무일이라 출근을 했다.

국방부/합참 상황실은 별도로 있어서 합참당직실은 일반적인 상황에 대한 파악 위주라 별로 긴박함은 덜 하다고 할 수 있다.

새해 첫날 근무이긴 해도 신정연휴라 특별한 상황 보고는 없을 것으로 예상이 되나, 국방부/합참근무자 중 장군진급자에 대한 신고식이 있는 날이긴 했다.

잠시 후 조용하던 복도에서 웅성거리는 소리가 나서 보니 합참의장님을 비롯해서 장군들이 의장실로 들어가시는 거다. 아마 장관신고가 끝나고 차를 마시러 오신 것 같았다.

대략 30분 정도 지나자 부관이 나오신다고 해서 당직장교와 나는 차렷 자세로 있는데 육군참모총장께서 나를 보시고는 걸음을 멈추시고는 "어~ 최 중령 아니야!" 하시는 거다. 작년에 제공호를 같이 비행했던 군사령관께서 육군본부로 영전되어, 국방부/합참 장군진급신고식에 배석하신 후 의장님과 차를 마시고 나오시다가 나를 보신 것이다. 그러니 의장님을 비롯한 많은 장군들이 멈추어 있을 수밖에!

"언제 왔느냐?", "잘 지내고 있느냐?"라고 물으신 후 꼭 한번 놀러 오라시고 가셨다.

1월 중순경 육군참모총장부관이 내일 4시에 총장실로 와 달라는 연락이 왔다. 나는 그때까지 공군 참모총장실에도 가본 적도 없었고 갈 일도 없었다. 공군중령이 감히….

부관의 안내를 받아 총장실로 들어가니 반갑게 맞아 주시며 소파에 앉으라고 자리를 권하셨다. 나는 방이 굉장히 화려할 것이라고 생각했었는데, 소파며 책상이며 가 소박하고, 한마디로 구닥다리같이 느껴져서 놀라웠다. 60만 대군의 지휘관 방이라고 하기엔 뭔가 좀 부족한 것 같은… 집기류에서 육군의 오랜 전통과 위엄을 느낄 수 있었다. "으응~ 이거 다 오래된 것들이야." 하시는 거다.

주로 비행기 탄 얘기를 화재로 그때 참 즐거웠다고 회상하시기에 좋게 봐 주셔서 감사하다고 화답했다. 나는 워낙 바쁘실 거라 생각이 들어 10분쯤 있다가 그만 가보겠다고 말씀드렸더니 좀 더 있다가 가라고 만류하시기에 다시 자리에 앉았다. 이런 저런 얘기를 하다 보니 어느덧 국기 하강식 예비 나팔이 울렸다. 벌써 5시가 된 것으로 한 시간을 총장님과 둘이서만 있었던 것이다. 하기식 나팔이 울리면 어디에 있건 동작 그만(!) 아니던가, 어쩔 수 없이 총장실에서 나란히 국기에 대한 경례를 할 수밖에!

다시 사무실로 돌아오니 육군장교들이 난리가 났다. 자기들은 가까이서 뵙기도 힘든데, 한 시간을 뭐하고 같이 있었느냐며 묻기에 너무 자세히 알면 다칠 수가 있으니 묻지 말라고 어깨에 잔뜩 힘을 주었더니 밥 사라고 부추겨서 금일봉 받은 것도 모자라게 살 수밖에! 그 이후 합참에서의 생활은 몰라보게 변해갔다.

드디어 빨간 마후라 부대장이 되다 (제103 비행대대)

대대 간판 사진

합참에서의 2년 근무를 마치고 비행단 작전과장으로 발령을 받았다. 역시 고기는 물에서 놀아야 하듯, 독수리는 하늘에서 살아야 하는가 보다. 다시 고향으로 돌아온 기분이다.

작전과장이야말로 비행단에서는 가장 바쁜 직책으로 작전의 전반적인 상황파악을 신속 정확하게 처리해야 함은 물론, 지시나 보고를 즉각 실시해야 한다.

공중작전의 생명은 신속 정확함에 있다고도 볼 수 있기 때문이다. 물론 상급사령부의 지시나 통제를 받고는 있지만 비행단에서의 신속한 후속조치가 뒤따라야만 완벽한 영공방위가 가능한 것이다.

흔히들 공군 조종사의 꽃은 전투비행대대장이라 하지 않던가!

작전과장 임무를 마치고 같은 비행단 내에 있는 제103 전투비행대대장으로 보임되었다.

내가 최초로 전투 조종사로 첫 발을 내디딘 그 비행대대의 대대장이 된 것이다. 한국 전쟁 시 미 공군도 폭파하지 못했던 평양 근처 "승호리철교"를 F-51이라는 프로펠라 비행기로, 목숨을 걸고서 폭파시킨(1952년) 전설적인 빨간 마후라 선배들의 전통이 서린 비행대대에 대대장으로 보임된 것이다.

참전 조종사 20명과 100회 이상, 출격 조종사 6명을 배출한 전통에 빛나는 비행대대!

– 영화 "빨간 마후라"의 실제이야기 "승호리 철교폭파작전".

대대장 이·취임식이 끝나자 전임대대장이 나를 조용히 불렀다.

"정확한 날짜는 알 수 없지만 몇 달 안에 8만 시간 무사고 비행기록이 돌파되니 안전관리에 신경을 쓰라!"

나는 그 대기록을 수립할 때까지는 술을 삼가기로 마음먹었다.

만일 내가 대대장으로 있는 동안 무슨 일이라도 생긴다면 수많은 선배들을 어떻게 대하겠는가.

지휘관이 된다는 것이 보통 어려운 것이 아니겠구나 하는 생각이 들어 모든 일에 조심스럽기까지 했다.

집사람 왈 "당신 요즘 많이 달라졌수!" 하고 반놀림을 당해도 어쩔 수 없었다. 안전이란 아무리 강조해도 끝이 없다는 말이 있듯이, 잠깐의 실수로 생명과 국민의 재산을 제로로 만들어서야 되겠는가! 그래서 비행대대에서는 안전을 달고 생활한다고 보면 된다.

가끔 친구들이 전투기 조종사가 차는 어찌 천천히 모느냐고 핀잔을 주지만 안전이 몸에 밴 탓이리라.

가족안전회의

나는 어느 날 조종사 부인들을 전부 부대로 오게 해서 가족 안전회의를 하기로 했다. 보통은 비행이 없는 날에 하지만, 부인들에게 보여 줘야겠다고 생각한 것이 있기 때문이었다.

비행안전과 부인들이 뭐가 그리 중요하냐고 생각할지 모르지만, 만일 집사람과 다툼이 있었다거나 어린애 때문에 잠을 설치거나 했다면 정서적으로 불안해져서 결과적으로 비행하는데 영향이 크기 때문이다. 물론 본인의 컨디션이 좋지 않을 경우에는 비행을 언제든지 취소할 수 있도록 제도적인 보장이 되어 있긴 하다.

부인들에게 남편들이 하는 일이 아무리 말로만 힘들다고 한들 무슨 소용이 있겠나 싶어서였다. 뭔가를 꼭 보여 줘야겠다고 생각을 했기 때문이다.

날씨가 좋은 날에는 특별한 경우를 제외하곤 비행을 꼭 해야 하기 때문에 외부인들의 비행대대 방문은 엄격하게 통제하고 있을 뿐 아니라 비행단 내의 장병들도 되도록 출입을 자제하고 있는 편이다.

조종사들은 전원 부대 내에서 거주하기 때문에 날씨가 좋은 데도 비행기 소리가 나지 않으면 부인들이 전화를 해서 혹시 무슨 일이라도 있는 것 아니냐고 묻곤 한다.

부인들이 타고 온 버스가 도착하자 브리핑실로 안내한 후 간단하게 남편들이 하고 있는 임무에 대해 소개한 후 녹음실로 자리를 옮겨서 임무별로 분리 보관하고 있는 녹음테이프 중에서 공중기동훈련을 한 것을 골라 틀어줬다.

조종사들은 임무 후 브리핑 시 녹음테이프를 들으면서 그때의 상황을 재확인하는데, 듣기에도 숨이 찰 정도로 긴박감이 흐르고 거친 숨소리에다가 상대기에 대한 정보나 서로 주고받는 숨 막히는 소리가 오버랩되어, 때로는 절규에 가까운 고함소리를 듣고 있노라면 숙연해진다.

– 짤막한 비행용어를 사용하는데 우리말로 한 구절만 옮기면 대략 이러하다. "야! 5시 방향, 적기출현!, 즉시! 급좌선회! 계속 땡겨! 땡겨! 방어기동! 나는 공격위치로! 급우선회! 강하! 강하해! 위로 당겨! 수직상승! 임무중지!!" 글씨로는 긴박함이 떨어지는 것은 표현력의 부족이겠죠! 말로 해도 될까 말까!

아무튼 숨소리가 어찌나 거칠고, 말이 긴박한지 표현하기가 좀 뭐하긴 하다. 그 녹음테이프를 처음 듣는 사람은 아마도 소름이 끼친다고 할 것이다!

한동안 녹음실 안이 조용해지나 했는데 몇몇 부인들은 눈시울을 붉히기도 하였다.

다시 버스에 타게 하고는 인가된 인원만 출입이 가능한 활주로에 가장 가까이 있는 통제탑으로 안내를 했다.

여기서는 이·착륙하는 비행기에 대해 가장 가까이에서 직접 지시하고 필요한 조언을 하는 곳으로 상황에 따라 이륙/착륙을 취소할 수도 있는 곳이다. 최 일선 감시탑이라고 할까.

우리가 도착해서 얼마 후 K 소령이 이끄는 편대가 공대지 폭격임무를 위해 활주로에 들어섰다. 4대의 전투기가 한꺼번에 뱉어내는 엄청난 폭음에 통제탑의 두꺼운 유리가 덜덜덜 뜰 릴 지경이다. 최종 점검을 마치고 막 두 대씩 이륙을 하려는 순간 K 소령의 부인에게 마이크를 주면서 한마디 하시라고 했더니 "여보~ 잘 다녀와요!" 하고 기어들어 가는 목소리로 말하자 "라 줘!" 하고 간단하게 대답하곤 도망치듯 하늘로 솟구쳤다.

평소 수다스럽다고 알려진 그 부인을 가끔씩 보니 약간은 심각한 얼굴로 두 손은 가지런히 모으고 있었다.

조종사마다 이륙 직전에 하는 짧은 순간의 모션은 다르다.

어떤 사람은 주먹을 불끈 쥐는가 하면 잠깐 묵상을 하기도 한다는데 나는 멀리 앞쪽을 보며 성호를 긋는다.

벌써 시간이 그렇게 지났나! K 소령 편대가 착륙허가를 받기 위해 관제탑과 교신하는 소리가 들려 왔다. 곧 착륙할 것이라고 알려줬더니만 연신 시계만 보던 부인이 갑자기 큰 소리로 "와! 브라보!"를 외쳐서 모두들 웃었다.

그리고 잠시 후 편대는 무사히 활주로에 안착을 하자, 부인에게 다시 마이크를 넘겼더니 "여~보. 수고하셨어요!" 하고 아까와는 딴판으로 목소리가 커졌다. "라~줘!" 대답은 전과 같았다.

부인이 왜 그렇게 무뚝뚝하게 대답하느냐며 나보고 혼 좀 내달라기에, 아마 불만이 많아서 그럴 거라니까 다른 부인들이 모두 웃었다. 다음날 출근들을 하는데 조종사들이 나보고 고맙다는 것이다.

이유인즉 어제 퇴근 후에 집에 갔더니만 부인들의 대접이 평소와는 다르더라는 것이다. 저녁 반찬도 좋아졌을 뿐 아니라….

부인들도 같은 비행장 내에 살기는 했어도 남편들의 생활상을 깊이 있게 본 적은 없었기 때문에 더욱 이해를 하는데 도움이 됐다는 뒷얘기들이다. 어떤 부인들은 남편이 출근을 하고 나면 꼭 30분 이상을 기도를 한다고 한다. 간절한 소망을 담아서….

위험한 직업에 종사하는 사람들일수록 동료애가 강할 수밖에 없다. 그리고 상하관계가 분명할 수밖에 없는 것이다. 그래야 서로가 공생하기 때문이다.

조종사들이 부대 내에 거주하는 이유는 안전에 대한 보장과 신속한 대응태세 때문이다.

중동전에서 식사시간에 맞춰 조종사 식당을 공격함으로써 엄청한 전력의 손실을 초래한 것도 결정적인 타격이라고 본다. 전쟁 시에 인도적인 대우를 바라는 것은 한낱 희망 사항일 뿐이다.

준비하지 않으면 당할 수밖에 없다. 후회는 한낱 후회일 뿐이다.

출격하는 제공호

상승배(!)를 만들다

대대장으로 전속명령이 나자 작전과에서 함께 근무했던 과원들이 선물을 하나 했으면 한다고 선임 장교가 얘기하기에 그러면 술잔을 큼지막하게 하나 만들어 달라고 했다.

일주일쯤 지나서 대대로 술잔을 만들었다며 가지고 왔는데, 이건 술잔이 아니라 양동이에 가까웠다. 너무 커서 채우려면 술도 그렇고 마시기에 부담스러울 같으니까 좀 더 작게 하되 맥주 한 병 정도를 채울 양이면 좋겠고, 이왕이면 로마 황제가 개선장군들에게 하사(?)하는 그런 술잔이면 좋겠다고 돌려보냈다.

고민 고민 하고 여러 번 디자인을 바꾸고 컵 윗면에는 읽으면 뭉클할 글귀도 새겨 넣고 비행대대 마크도 들어가게 하는 명문(?)컵을 만들어 왔다. 이 컵(술잔)의 이름을 항상 이긴다는 대대구호와 맞게 상승배라 지으라고 했다. 나는 이 컵을 상패를 진열 해놓은 중앙에 두고 수시로 빛나게 닦게 했다. 처음엔 그냥 진열용인 줄로만 알았을 텐데 드디어 이 컵을 처음 사용할 때가 왔다.

비행 훈련을 마치고 우리 비행대대로 조종사 중위가 부임을 해온 것이다.

그 친구는 오기 전에 대대장에 대해서도 물어물어 좀 알고 있었을 것이다. 성격이 좀 괴팍하다는 것까지. 누구나 계급이 낮을 때는 새로운 부대에 처음 부임하게 되면 긴장이 되게 마련이다. 나는 긴장도 풀 겸 하루 종일 좀 몽롱한 상태로 지내라고 상승배 즉 원자 폭탄주를 준비해 놓은 것이다.

나는 전입신고를 대대장실에서 별도로 받지 않고 전조종사가 다 모인 가운데 브리핑실에서 갖기로 하고, 대대 선임하사에게 문제의 그 상승배를 가져오게 하였다.

이윽고 전입신고가 끝나고 선임하사가 쟁반에다가 상승배와 맥주, 소주를 가져오자 상승배를 중위에게 건네준 후, 맥주컵에다 소주를 따르고 잔 속에 넣은 후, 맥주 한 병을 부었다.

– 흔히들 말하는 폭탄주보다 몇 배는 양이 많은 편이다. 그래서 대대원들은 원자 폭탄주라고도 불렀으며, 그 잔을 내가 꺼냈다 하면 도망가는 친구도 있었다.

먼저 술을 마시기 전 그 잔을 눈높이로 들고 큰소리로 잔에 새긴 글을 읽게 한다.

"103의 용사여! 우리 다 함께 목숨 바쳐 조국 창공의 수호신이 되자!"

상승배로 전입을 환영하는 저자

선배 조종사들이 박수를 치고 환호하는 가운데 잔을 비우는 것이다. 사실 양이 좀 많긴 해도 젊음들이라 그런지 한 번도 못 마시는 친구는 없었으며, 어떤 친구는 한 잔 더 마시면 안 되느냐고 농담까지 하는 친구도 있었다.

세계 최초, 20년간 8만 시간 무사고 비행기록 수립!

대대장으로 부임한 지도 벌써 3~4개월이 지나가고 있었다.

상황실과 대대장실은 바로 붙어 있어서 그쪽에서 전화를 하고 얘기하는 소리는 문을 열어 놓고 있으면 전부 들을 수가 있었다. 작전병들이 하는 소리를 들으니까 "야~ 벌써 지났어! 큰일 났어!" 하는 것이었다.

나는 직감적으로 8만 시간이 떠올라 얼른 상황실로 나와서 물었다.

"뭐라고? 지났다고!" 그렇다는 것이다. 그것도 일주일 전에….

그 당시만 해도 비행시간을 기록하고 합산하는 것은 전부 수기식으로 할 수밖에, 조종사가 비행 후 기록하는 것과 관제탑에서 이/착륙 기록한 것을 상호 비교해서 최종 확인을 하기 때문에 며칠의 오차는 있을 수 있는 것이다.

좋은 일은 좀 늦게 안들 무슨 잘못이 되겠나 싶었다. 마침 한 시간 후면 비행스케줄이 잡혀 있어 전화로 작전부장께 보고를 드렸더니

상부 보고는 당신이 알아서 할 테니 비행이나 잘 다녀오라고 하시는 거였다.

그야말로 즐거운 마음으로 비행을 하고 착륙을 하려는데 부장님께서 무전으로 호출을 하시는 거다. "THUNDER BOLT 01! 03." 내가 비행 중에 뭔가 잘못이라도 있나 싶어 얼른 대답을 했더니만,

"03, GO AHEAD!" 지금 내가 착륙하는 것으로 8만 시간 무사고 돌파를 공식적으로 선언한다는 것이었다.

– 일부에서는 대대장이 공을 전부 차지했다고 오해도 있긴 했지만 본의 아니게 기록합산이 잘못 계산되는 바람에 그렇게 되었음을 밝혀 두고자 한다.

착륙을 하고 서서히 이글루로 돌아오니 정비사들이 손을 들어 환호를 보내고, 언제 준비했는지 꽃다발을 두 개나 준비해서 하나는 내 목에 걸어주고 하나는 나의 애기에게 걸어 주는 것이다.

세계 최초 8만 시간 무사고 비행 기록 수립을 확인하기 위해서는 시간이 필요했던 것 같았다. 그래서인지 공식적인 축하 행사는 다음 해에나 한다는 것이다. 미 공군에서는 8만 시간보다 훨씬 많은 기록은 있었지만 8년 후에 기록이 깨지는 바람에 기간이 우리처럼 무려 20년(1969. 4. 2~1988. 12. 16)에는 못 미친다는 것이었다. 진정한 무사고는 시간과 기간 두 가지가 병행되어야만 하는 것이다.

8만 시간 돌파 후 방송 인터뷰 사진

– 한참 뒤인 1990년 9월 2일 88올림픽 경기장에서 KBS와 한국 기네스협회에서 주최한 기록도전대회에서 기네스 보증서와 메달을 수여받았다는 소식을 접했다.

– 8만 시간을 속도로 환산하고, 다시 거리로 계산하니 달 왕복 84회 지구둘레 회전 1,600회가 되었으며 소모된 연료만 9백80만 배럴(당시 금액으로 3백50억 원 상당)이나 되었다.

며칠 후 방송국에서 인터뷰를 하러 왔기에, 이 모든 성과는 그동안 103 비행대대를 거쳐 가신 선배님들의 피와 땀의 결정이라고 말했다.

『KBS와 한국 기네스협회에서 주최한 '90년 기네스 기록 도전대회에 103대대가 수립한 80,000시간 무사고 비행기록이 등록되어 '90년 9월 2일 '88 올림픽 경기장에서 기네스 보증서와 함께 메달을 수여 받았다.』

기네스 보증서와 메달 사진

일주일인가 지나서 상금으로 거금 500만 원이 내려왔다. 대략 30여 년 전이니까 지금으로 따지면 5,000만 원 이상이나 된다니….

이 상금은 공군의 비행안전 시상금으로는 최고금액이며 예산에 기 반영된 것이긴 했다. 그 이상의 많은 상금액은 책정된 것이 없었다. 이 상금을 어떻게 사용해야 하나 고민을 하고 있던 차에, 본부에서 연락이 왔는데 500만 원을 더 보내준다는 것이다(?).

나중에 알고 봤더니 추가로 나오는 돈은, 국방부에서 있은 각 군 총장들과의 회의 전에, 장관께서 공군 참모 총장에게 공군에 좋은 소식이 있던데, 격려를 잘해 주라고 하셨을 때 총장께서 상금을 줬다고 하니까, 그건 그거고 하시면서 더 보내라고 하셨다는데 돈의 출처는 알 길이 없다. 아무튼 돈만 왔으면 된 거 아닌가?

장관님 감사합니다!

– 아마 전군에서 대대급에서 받은 상금 중에서는 전무후무하지 않을까!

그야말로 돈 폭탄을 맞은 셈이다. 그 당시 은행 신입사원 봉급이 40만 원도 채 안 되었다고 하니….

나는 이러한 대기록을 영원히 보존해야겠다고 마음먹고는 몇 가지를 시행하기로 했다. 우선 기념탑을 멋있게 세워서 이러한 대기록을 영원히 기념해야겠다고 마음먹었고, 다음으로는 비행대대 내부인테리어를 미 공군 수준으로 바꾸고, 군대식 의자며 책상을 전부 최신 제품으로 바꾸기로 했다.

물론 그동안 거쳐 간 선배들에게 연락해서 잔치도 베풀어 드리고….

– 상금으로 받은 돈은 받은 측에서 알아서 사용하면 된다고 했으니.

다른 것이야 돈으로 해결하면 될 것 같은데 기념탑이 문제였다.

민간 전문가에게 문의했더니 가격만 비싸게 불러, 자체적으로 해결하기로 하고 우선 탑을 세울 만한 돌(석재)을 수소문하는 데, 마침 친척이 석재회사를 한다는 대대원이 있어서 알아보도록 했다.

친척분에게서 연락이 오기를, 강에 반쯤 묻혀있는 큰 돌이 있는데 내가 원하는 한반도와 비슷하게 생겼다는 것이다.

당장 가서 확인해보고 싶어 오라고 했더니, 다음날 강에서 장비로 끌어 올리다가 미끄러져 일부가 망가졌다는 것이다.

안 그래도 토막난 나라인데… 싶어 그건 비행대대 간판으로 하기로 하고, 기념탑은 대리석으로 만들어야겠다고 생각을 바꾸었다.

문제는 또 있었다. 밤이면 온도가 영하로 내려가 탑의 기소 부분이 잘 양생이 되지 않기 때문에 영상으로 올라갈 때까지 기다려야 한다는 것이다. 나는 영상까지 올라갈 때까지 참을 수가 없었다.

탑의 기소 부분만 영상의 조건으로 만들어 주면 될 것 아닌가 싶었다. 그래서 땅을 파고 기소할 곳에 시멘트를 넣은 후, 그 위에 비닐로 된 움막을 짓고는 밤이면 담요나 이불로 덮은 후 히터를 여러 대 켜놓고 온도를 재어보니 영상으로 올라갔다. 낮에는 영상으로 오르지만 밤이면 영하니까 야간 위주로 히터를 풀가동 하니 4~5일 만에 단단하게 굳어졌었다.

이제 기소가 굳어졌으니 삼 단계로 된 탑의 본체를 올려놓으니 제법 탑 같아 보였다. 탑의 본체 앞쪽에는 까만 돌에다 대기록에 대한 의미를 새기고 본체 뒷면에도 글을 새겨 넣었다.

탑 앞쪽에 새긴 글

여기!

세계 최고의 무사고 비행기록 기념탑을 세운다.

수많은 전투 조종사들이

장장 20여년에 걸쳐 이룩한 땀의 결정이다.

지구를 1600회

달까지 84회를 왕복한 대장정이다.

상승103의 용사여!

애기와 함께

영원무궁토록 조국 창공의 수호신이 되자.

제103 전투비행대

1988.12.29

탑 뒷면에 새긴 글

그대여
이 땅에 태어난 은혜
무엇으로 보답하려느뇨.

벌써 잊었는가!
저기 저 남한산성의 아픔을
아니 된다.
정말 아니 된다.

여기
심장에 끓는 피 고동치는
한 무리의 사나이들이 모였다.

오늘도
그 못다 푼 한 가득히 안고서
부릅뜬 눈 광채 띄며
북녘 향해 힘찬 비상을 한다네.
상승의 전투 조종사답게!
조국 창공의 불사조답게!

누가 막으랴

이들의 분노를

누가 지키랴 우리의 조국을!

오라!

이 땅의 젊은이들아.

우리 어깨 나란히 솟는 힘 뭉쳐 동강난 이 강산 하나 되이 하세!

참조

기념탑 사진

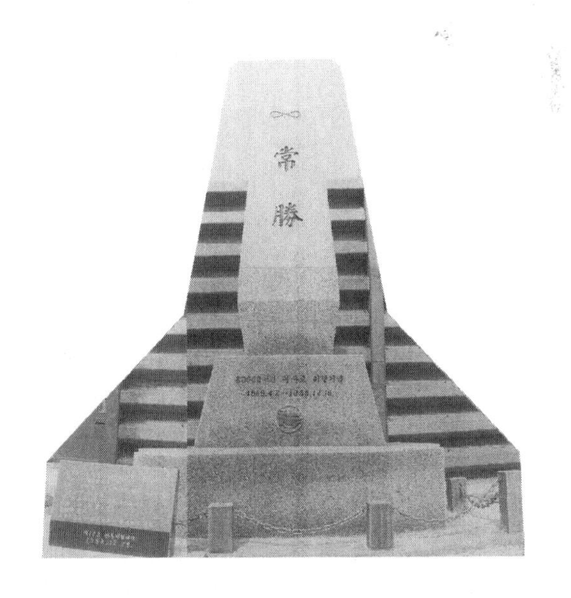

"祝" 80,000시간 FLYING SAFETY HOURS!

中央日報

(89. 2. 20)

8萬시간 무사고飛行 세계新

영화 「빨간마후라」 실제部隊

달왕복 84회 거리 偉業

89. 2. 21.

중앙일보 기사

朝鮮日報

第20887号

西紀 1989年 2月 19日

세계 처음 8만시간 무사고 비행

공군 제3726부대 大記錄 수립

◇F-5E기로 무사고 8만시간 비행기록을 채우고 착륙한 불수길중령을 장병들이 헹가래치고 있다. 작년12월16일 오후2시의 일이다. 공군당국이 심사와 공인을 하는데 2개월이 걸렸다.

公認기록 보유 美공군 2·5배

지구둘레 1천6백번 회전거리

조선일보 기사

경 과 보 고

- 금일 8만시간 무사고 비행기록 기념식을 갖게되는 제 103전투비행대대는 한국전쟁이 가장 치열했던 1953년에 창설되어, 영화 빨간 마후라의 실제 주인공으로 한국공군 최초 200회 출격 기록을 수립한 고 유치곤 대위가 초대 대대장으로 역임, 공군의 산 역사를 간직한 대대로 한국 공군사상 첫 단독 출격 작전을 감행, 공군사에 빛나는 승호리 철교 폭파 작전, 351고지 탈환작전등 혁혁한 전과를 올렸으며, 6.25참전 조종사 20명과 100회이상 출격 조종사를 6명이나 배출한 빛나는 역사를 이어온 대대입니다.

- 대대는 1955년에 F-51 에서 F-86 젯트 전투기로, 1983년에는 다시 초음속 젯트 전투기인 현 제공호로 기종전환을 하였으며, 공군 최일선 전투비행 대대로서 수도권 영공사수의 제 일차적 작전목표를 성공적으로 수행해 오면서 공중 사격대회 종합우승 9회를 포함하여 각종 훈련에서 두서의 성적을 차지하였읍니다.

89년 2.18일 공군본부주관 기념식 때의 경과 보고내용 전면

○ " 삼승 " 즉 항상 이긴다는 구호아래 최대훈련과 최대안전을 실시해온 대대는 1969년 4월 2일부터 오늘에 이르기까지 무려 20여년에 걸쳐 80,000시간 무사고 비행기록을 수립하였는바 이 기록은 지구둘레를 1,600회, 지구에서 달까지 84회를 왕복한 거리로써 수많은 전투 조종사들이 이룩한 땀의 결정이라 할수 있읍니다.

앞으로 동 대대는 대대장을 중심으로 일치단결하여 선배 조종사들의 빛나는 전통을 계승하고 영원무궁한 비행안전을 도모하기 위하여 가일층 분발해 나갈것입니다.

89년 2.18일 공군본부주관 기념식 때의 경과 보고내용 전면

경과보고

나를 아는 많은 분들이 축하를 해주시고 공군 내에서는 비행안전의 견학코스가 되기도 했다.

상금으로 받은 돈으로 꾸며 놓은 제103 전투비행대대는 주한 미 공군 건물 내부와 비교해도 손색이 없었다. 우선 입구에 들어서면 복도엔 붉은 카펫과 파란 카펫이 교차되어 깔려 있고 사무용 의자며 각방의 테이블은 고급으로 바꾸었으며, 건물 뒤 공간에는 팔각정을 지어놓고 한자로 상승정常勝停이란 간판도 달아 놨다.

상승정 사진

사고란 항상 있을 수 있는 것이다. 그것도 위험이 뒤따를 수밖에 없는 전투기를 운영함에 있어서는, 많은 선배들이나 상급 부대에서 집중적으로 관심을 가질 수밖에.

더군다나 큰 기록을 이룬 후에는 좋지 않은 사고가 발생한 사례가 많았기에 각별한 주의가 필요했다.

그렇다고 안전 안전 하면서 지낼 수도 없고, 더 강하게 나갈 수도 없고 참 애매하기까지 했다.

전투골프 이야기

공군 비행장마다 미니 골프장이 있긴 하다.

말로만 9홀이긴 한데 제대로 설계도 되지 않은 그야말로 놀이터나 마찬가지다. 그 당시만 해도 골프를 친다면 제법 으스대는 시대였는데, 사실은 조종사들이 비상대기하느라 부대 밖을 나갈 수는 없고 그렇다고 달리 시간을 보내며 지루하게 있기도 뭐 하니까 골프라도 하면서 체력 단련도 하라고 만들었던 것이다. 그래서 체력단련장이라고 불리기도 하였다.

나는 대위 때부터턴가 치기 시작했는데 처음에는 골프화가 따로 있는 줄도 모르고 운동화를 신고 치는데 단장께서 보시더니 당신이 신으시던 골프화를 주시기까지 했었다.

재미난 일화로 모 대통령께서 조종사들과 비행장 골프장에서 라운딩을 하셨는데 같은 조에 각하, 장군대표, 영관대표, 위관대표로 대위 한 명이 같은 조로 운동을 했는데 대위가 제일 스코어가 좋았다는 것이다. 각하께서 농담으로 "김 대위는 비행기 안 타고 골프만 쳤나?" 하셨는데 그 뒤로 한참 동안 위관급은 주로 테니스만 해야 했다는 일화도 있었다. 설마 각하께서 그런 의도가 아닌데도 잘 못 받아들인 것이리라.

주말이면 3분, 5분, 15분 대기나 다른 근무가 없으면 운동을 했던 것 같다. 다 아는 얘기지만 한 조에 4명씩으로 티타임에 맞춰 시작을 하는데 사람마다 폼이나 습관이 다 다른 게 골프라고 본다.

아무리 운동 신경이 좋은 친구도 형편없는 스코어를 낼 수도 있고 운동감이 전혀 없는 친구라도 상을 타는 친구가 있는 것이 골프 같다. 나는 같은 조의 멤버들(상급자와 같은 조일 때는 예외) 에게 미리 내 나름대로의 룰을 말해둔다. 딱 한 가지, 티 박스에 올라가서부터 는 절대로 연습스윙은 안 된다.

– 티 샷, 페어웨이 샷, 그린에서 퍼터까지.

이름하여 전투골프다. 내 나름대로 설명을 하면 전투에 연습이 있을 수 없는 것 아니냐! 군인이 평소에 이러한 실전 같은 훈련을 많이 해 봐야 한다는 것이다. 그러니 동료들이나 후배들과 칠 때는 안 따라 할 수가 없는 것이다.

다른 한 가지 이유는 지독하게(?) 연습스윙을 많이 하는 친구들이 있는데 그걸 옆에서 보고 있으려면 한마디로 짜증이 날 정도다. 칠 것 같으면서도 헛스윙하고 이제 치려나 하면 또 연습이고….

그렇게 정해 놓고 몇 번 쳤더니만 불만들도 많았지만 기다리지 않아서 좋다는 친구들도 있었다.

어차피 시간 보내고 즐기려고 하는 운동인데 프로선수같이 신중하게 할 건 없다고 생각했다. 어떤 분은 너무 성의없이 한다고 하지만 나는 끝까지 전투골프를 고집했다.

그래서인지 골프경력 20년이 되도록 한 번도 싱글을 해본 적이 없었다. 나는 티 박스에 올라가서 공을 티에 올려놓고 일어선 후 바로 날렸으니 5초면 충분했다.

장맛비가 그날따라 세차게 내렸다. 비가 조금씩 올 때야 우산을 가지고 친다지만 많이 올 때는 그린 보호를 위해 아예 출입을 금지하는 게 정상이다.

그날은 휴일이고 집에서 보내기가 지루하기 짝이 없었다.

연신 몸부림을 치고 있는데 따르릉 전화가 왔다.

집 사람이 누구 전화인지도 모르면서 "심심한데 잘 됐구랴" 하고 비꼬는 것이다. "그래~ 그러자고 원래 비 오는 날은 공(?)치는 날 아니냐!" 해가면서 둘이는 의기투합했다. 일단 우의를 챙겨 입고 체력단련장으로 갔다. 비가 워낙 많이 와서 근무자도 퇴근을 했는지 아무도 없었다.

둘이서 저녁내기를 하기로 하고 전투골프로 하자고 했다.

거의 폭우경보 수준이었으니, 티 박스는 높은 데 있었기에 괜찮았으나 페어웨이는 거의 물 반 잔디 반이었다. 물에서 그대로 놓고 치자니 온통 물이 튀어 물 범벅이 되기 일쑤였다.

겨우겨우 그린에 올려놨어도 퍼팅이 문제였다. 물이 고이지 않은 곳으로 공을 굴리려니 홀 쪽으로 똑바로 칠 수는 없고 빙빙 돌아서 집어넣을 수밖에. 어떤 홀은 퍼팅만 열 번 정도 한 적도 있었다. 그러니 스코어를 셀 수도 없어 나중에는 맨 마지막 홀의 기록으로 내기를 했는데 누가 저녁을 냈는지 기억이 없다.

특전사, 최정예대대와 친선도모

육군대학을 나와서 인지 육군 손님들이 심심찮게 찾아왔었다.

한번은 전날 상황실 근무를 마치고 집에서 쉬고 있는데 체력 단련장 여직원이 전화가 왔다. “빨리 좀 와 보세요! 군인은 군인 같은데 온통 수염이 난 분이 최 중령님을 찾으시는데 다른 손님들이 무서워서 근처에 앉지를 못해요. 빨리요!” 하도 호들갑을 떨기에 누가 날 찾나 하고 가 봤더니 과연 놀랍기는 했다.

특전 복장에 권총까지 차고 짙은 썬글라스를 낀 대위가 떡 버티고 서있고 그 앞자리엔 얼굴에 수염이 텁수룩한 중령이 주위를 두리번거리고 앉아 있으니 누가 놀라지 않겠는가!

내가 들어서니 그 친구가 일어서더니 동기생들에게 얘기 많이 들었다며 반갑게 인사를 하면서 지금 천 리 행군 중에 잠시 들렀다는 것이다. 서로 인사가 끝나자 대위는 다시 병력 들이 있는 곳으로 간다면서 떠나고 우리 둘만 남았다.

8월의 찌는 듯한 더위 탓에 행군도 무리라서 오후엔 잠시 휴식이라고 한다. 자기는 원래 수염이 많은 편인데, 행군 중에는 면도를 하지 않아 이렇게 됐다며 본인도 웃었다.

난 도리어 특전용사다운 모습이 보기도 좋았고, 한편으로는 산적 두목 같았다. 그날 둘이는 그 자리에서 주거니 받거니 체력단련장의 냉장고 맥주를 전부 비워 버렸다.

특전사 중의 특전부대라고 불리는 대테러 부대가 있다. 707 특수임무 부대인데, 대대장이 나와 임관 동기라 한번 만나자고 연락이 왔다. 그렇다면 토요일에 같이 저녁을 먹고 일요일에 비행장에서 배구 시합을 갖자고 했다. 축구를 하자는데 우린 조금만 다쳐도 비행하는데 지상이 있으니 배구로 하자고 했다.

토요일 저녁을 중간지점의 횟집에서 6명씩 간부들만 만나기로 하고 미리 예약을 해 놨다. 우린 편대장 4명과 비행대장과 대대장 합계 6명이고, 그쪽은 대대장 부대대장 지역대장 4명을 포함하여 6명씩이다.

나는 우리 쪽 멤버들에게 오늘 술 좀 할 것 같으니 미리 각오를 하고 가자고 일러두었다. 마치 술 시합이라도 출전하는 선수들처럼.

식탁을 가운데 두고 우린 마치 전투라도 하는 대형으로 양분되어 한사람씩 소개를 하기로 하고 육군 쪽부터 대대장이 소개를 하는데, 이건 뭐 소림사 수준이다.

– 부대대장: 태권도 4단, 합기도 3단

1지역대장: 태권도 5단, 검도 3단 스카이다이빙 100회….

나는 농담으로 우린 그만 가야겠다고 일어서는 체했더니 웃음이 터져 나왔다. 벌써 소개만으로도 최정예답다고 느껴졌다.

다음 우리 차례였는데 우린 특별히 소개할 만한 것이 없었다.

그렇다고 비행시간을 말하기도 그렇고 해서 간단하게 이름 정도만 소개 했다.

음식점 주인을 불러 준비한 것부터 가져오게 했다.

횟집이니까 회가 나오겠지 했겠지만, 냉면 사발과 소주 한 박스를 들고 왔다. 우리 쪽 친구들은 대대장이 또 시작하는구나 싶었을 것이다. 주인이 냉면 그릇에다 소주 한 병을 붓자 내가 먼저 쭈~욱 마신 후 좌로 돌게 했다. "좌로!!"

육군 대대장이 빈속이니 회부터 먹자고 했으나 여기는 우리가 내는 곳이니 우리식으로 하자며 우겼다.

한 사발씩 마신 후 회가 들어오고 서로 주거니 받거니 하다 보니 금세 친해질 수밖에… 같은 또래의 특수부대원들 아닌가!

그쪽 대대장 얘기가 아직도 기억에 남는 게, 아웅산 폭파사건이 났을 때인데 휴일이라 집에서 쉬는데 대대에서 빨리 나오라는 것이란다. 전원 비상소집이 되어서 북으로 쳐들어가야지 지금 집에서 뭐하고 있으시냐고 하더라는 것이다. TV로 맨 처음 폭파소식을 들은 대대원이 연락연락 해서 자체적으로 비상소집이 됐다는 것이다.

충성심으로 똘똘 뭉친 이들이야말로 군인 중의 군인들이다.

그러니 술 안 마실 수 있겠나! 우리 집사람 말에 따르면 핑계가 없어서 못 마시는 사람인데….

이런 분위기에 2차 안 가는 것도 이상하지 않았겠나!

다음날 대대장이 전화가 왔다. 오늘 배구 시합은 못 오겠단다.

– 아무리 용감해도 술에는 장사가 없는가보다.

대대장 임기가 거의 끝나갈 무렵 비행을 마친 후, 이글루에 비행기를 집어넣고는 트랩에서 내리는데, 비행대장이 심각한 얼굴로 다가왔다. 필히 무슨 일이 있나 보다 하고 먼저 말하기를 기다렸더니 공대지 폭격훈련으로 이륙한 편대에서 연습폭탄(25파운드)이 한 발 밑으로 떨어졌다는 것이다. 다행히 항공기에는 손상이 없어서 임무를 완수하고 귀환한다는 것이다.

이러한 사고는 가끔 있기도 하는데 문제는 민가에 떨어지거나 인명 사고가 있어서는 안 되는 것이다. 즉시 비행단장께 보고드리고 현장 근처로 가기로 했다. 비행기 진행 방향과 속도 등을 종합하면 대략적인 위치는 파악할 수 있기 때문이다. 지상 즉 땅을 지배하는 자는 육군이다. 군 관련 신고는 해당 지역 사단으로 가보는 게 빠를 것 같아서였다.

○○사단에 가서 작전 참모를 찾으니 2기수 아래 후배인데 육대를 같이 다녔다. 우선 저녁부터 먹자며 근처 식당으로 가서 얘기를 했더니 아직까지 신고가 들어온 건 없다며, 만약 신고가 접수되더라도 알아서 처리할 테니 밥이나 잘 먹고 가란다. 밥만 먹었겠나!

86아시안게임과 88올림픽

나라에 큰 행사가 있으면 경찰과 군은 바쁘게 마련이다.

경찰은 눈에 보이게 바쁘지만 군은 전방에서, 바다에서, 하늘에서 바쁘기 때문에 일반 국민들 눈에는 보이지 않는다. 사관생도 시절에 당시 중앙정보부를 견학 간 적이 있었는데 "우리는 음지에서 일하고 양지를 지향한다!"는 구호를 보고 참 잘 어울리는 말이라고 생각한 적이 있었다.

나는 86과 88을 전부 비행단에서 맞이했다. 그 당시는 군인 출신이 대통령을 할 때이기도 했지만, 대규모적인 국제 행사를 처음 실시하는 것이라서 조그마한 실수도 있어서는 안 되기에 모두들 긴장하고 근무하는 것에 별 불평은 없었던 것 같다. 그때는 말 그대로 24시간 영공방어를 하고 있었다. 심야 전투 초계비행(심전초)를 운영했는데 0시, 02시, 04시에 두 대씩 체공시켜 초계임무를 하도록 했다.

완전히 칠흑 같은 어둠을 뚫고서 고요히 잠든 적막을 뒤흔들며 별이 빛나는 저 하늘로 날아오르는 기분은 우리 아니면 모를 것이다.

자부심과 자긍심이 절로 생겨나는 순간이기도 하다.

서울의 불빛은 한밤중에도 영롱하다. 가끔 고속도로를 달리는 차량들만 느리게 움직임을 보일 뿐 사방은 고요 그 자체이다.

그 시간대의 하늘엔 우리뿐이다. 그렇게 자주 다니던 여객기도 없고. 북한 상공에도 파리 한 마리 얼씬거리지 않는다.

한번은 자정에 이륙하는 심전초를 몸소 탑승하기 위해서 사령관께서 차량으로 한 시간 이상을 걸려서 오셨다가, 한 시간 동안 초계비행을 하고 내리신 것이다. 보통 비행을 하고 나면 휴게실에서 간단히 음료수 나 한잔 대접하는 것이 전부인데, 맥주며 안주를 좀 준비해 놨다. 어차피 목을 축이기는 마찬가지 아니겠나 싶기도 해서 한 상을 가득 차려놓았다.

이윽고 비행에서 돌아오시고, 단장님과 작전 관련 참모들이 사령관님을 따라서 휴게실로 들어오셨다. 가장 놀라신 분은 비행단장님이셨다. 밤중에 술을 준비하도록 내버려 뒀으니….

단장님이 뭐라 하시든 말든 얼른 사령관님께 한 잔만 드시라고 잔을 권했더니 얼른 받으셔서 위기를 넘겼다. 그리고는 사령관께서 "자~ 차린 거니까 한 잔씩 합시다!" 하면서 어색한 분위기를 누그러뜨려 주셨다.

원래 독실한 교인이시라 술을 잘 안 하시는 사령관께서 그날은 기분이 좋으셨는지, 조종사들의 사기를 돋우시려고 그러하셨는지 몰라도 분위기를 주도 하셨다.

그분이 다름 아닌 국군의 날 행사 때 총 군장기를 하시고 계급장 떼고, 어깨동무하고 술 마신 그 단장님이신 것이다.

"대대장 맨날 이렇게 술 마시는 건 아니겠지?!"

다음날 사령부 회의 때 한 말씀 언급을 하시기를 내가 비행단에 그렇게 자주 다녀 봐도 술대접하는 친구는 103대대장밖에 없더라고 하셨단다. 감히 누가 그 무서운 분에게 술 얘기를 끄집어낼 소냐!

수도권 방공통제 부장이 되다

대대장 임기가 끝나고, 레이더 기지가 있는 곳으로 전속명령을 받았다. 수도권 방공통제부의 장으로 보직을 옮긴 것이다.

레이더 기지는 대부분 산꼭대기에 있기 마련이다. 그래야만 전파의 간섭을 받지 않기 때문에 포착 범위가 넓어질 수가 있다.

산 밑에서 근무지인 꼭대기까지 갈려면 시간이 제법 소요되는데, 4륜구동이 가능한 차로 기지까지 갔다가 걸어서 200계단을 올라가야만 사무실에 도착할 수가 있었다. 처음엔 사방으로 툭~ 튀어 있어 마치 공중에서 보는 것처럼 시원하다고 생각했었다.

오래 근무했던 장교가 레이더 기지에 와서는 "참 좋다!"는 얘기를 하면 실례라는 것이었다. 왜냐하면 처음에는 좋아 보이는 데 오래 근무하게 되면 여러 가지로 불편하고 근무 여건이 좋지 않다는 것이다. 그런 사실을 실감한 것은 그리 오래 가지를 않았다. 비라도 오는 날에는 길이 엉망이 되어 물길을 돌려가며 오르락내리락해야 하고 눈이라도 오면 그 긴 구간을 손으로 치워가면서 통행을 해야 하니 좋다는 말이 쏙 들어가더라.

식사하러 가는 것도 그렇게 유쾌하지는 못했다. 계단 때문이다.

비바람이라도 불고 하면 아예 식사고 뭐고 포기하는 게 낫다.

특히 병사들의 경우에는 비행장에서 근무하는 장병들에 비하면 고생들이 많겠다고 느껴 순시하러 오시는 상관들에게 처우 개선을 몇 번인가 건의를 드린 적이 있긴 했다.

수도권 방공통제부이다 보니 그야말로 서울을 중심으로 한 서부전선 일원에 걸친 넓은 범위의 지역에 대한 공중감시에 만전을 기해야 한다. 언제 적기가 기습공격을 할지, 혹시 아군기가 비행금지선을 넘지는 않는지도 감시해야 하기 때문에 한순간도 레이더 스코프에서 눈을 떼지 못할 뿐 아니라 사령부의 통합 관제실과도 긴밀하게 협조해서 항적 하나하나에 대한 추적 감시도 소홀함이 있어서는 안 된다.

내가 부장으로 근무하는 동안 두 건의 사건이 있었는데, 한 건은 H사의 농약 살포용 경비행기가 김포비행장으로 귀환 도중, 통신 고장으로 교신이 잘 안 되는 상황에서, 기상이 악화되어 휴전선 쪽으로 올라가는 사건이 발생했는데 다행히 조종사가 뒤늦게, 급하게 기수를 남하해서 더 크게 확대되진 않고 마무리된 것과, 또 한 건은 전방에서 육군지원훈련을 마치고 귀환하던 전투기가 비행금지구역을 살짝 침범한 사건이 있었다.

어느 나라이고 대통령이 거주하고 있거나 위치하는 곳은 비행금지 구역으로 설정되어 있는데, 그곳 외에도 DMZ 지역, 원자력 발전소, 폭격훈련장 상공은 원칙적으로 비행을 해서는 안 된다. 실화로 외국 민항기가 김포 비행장으로 진입하려고 청와대 상공을 통과했다가 발칸포 위협사격을 당한 적도 있었다.

지상에서 수도 서울을 지키는 곳은 수도방위사령부다.

수방사 상황실에서는 즉각적으로 침범 사실을 경호실로 보고해야만 한다. 만일의 사태에 대비해서다. 당연히 수방사에서는 강력한 항의를 할 뿐 아니라 경위를 파악할 수밖에!

수도권 방공 통제부장의 감시 소홀이라고 판단되어 즉시 수방사로 죄수 같은 심정으로 갔다. 우선 상황실장을 만나기 전 육군대학 동기를 찾아갔다. 자초지종을 얘기했더니, 알겠다며 같이 실장실로 갔었다. 우리보다 두 기수가 위였는데 처음에는 화를 내시더니 앞으로 유의하라고 하면서 청와대 쪽에는 본인이 잘 처리하겠다고 해서 마무리된 적도 있었다.

산꼭대기 근무를 한 지 몇 달 지나서 대령으로 진급을 하게 되었다. 미군의 대령계급 장은 독수리다. 미국을 상징하는 새이기도 하지만 가장 높이 나는 새 즉 가장 높은 계급이 대령이다. 미국에서는 대령까지만 진급이라고 하고, 장군은 정치적 의미를 부여해서 다른 용어로 표현한다고 알고 있다.

진급을 했으니 당연히 한턱을 내야겠다고 생각하고, 몇 사람과 상의해서 장소와 시간을 잡고 참석자는 영외 거주자, 하사 이상으로 하자고 했다.

– 가능한 부대에서 가까운 곳으로 장소도 정하라고도.

며칠 뒤 일과가 끝나고 퇴근길에 산 밑에다 장소를 정했다고, 시간이 됐으니 내려오라는 전달이 와서 축하연 자리에 가보니 언제 준비를 했는지 요란스러웠다.

우리네 경치 좋은 도시근교의 산 아래에는 어디건 토속 음식점들이 즐비하지 않던가. 그중의 한 음식점을 통째로 빌려서 준비를 해놨는데, 무슨 학교 운동회를 방불케 하는 진풍경을 연출하고 있었다. 우선 멀리서도 보이게끔 애드벌룬을 두 개나 띄웠는데,

하나는 "축 ○○○ 대령진급!",

하나는 "○○○ 대령님의 무운장구를 빕니다!"

친한 친구들도 몇 명 초대했는데, 모두들 배꼽을 잡는다. 거기에다 밴드까지 불러서 쿵짝 쿵짝 하고 놀았으니 무슨 대령 진급이 그렇게라도 대단한 거라고….

다음날 점심시간에 이러한 보고를 받으신 수도군단장께서는 웃는 바람에 식사를 제대로 못하셨다니….

내 사무실은 서울 주변에서는 가장 높은 곳에 위치해 있었다.

레이더 돔 자체가 높은 곳에 설치되어 있었지만 사무실은 좀 더 높은 곳에 있었다. 한번은 약간 밑에 위치한 절의 스님께 놀러 오시라고 해서 차를 마시는데, 스님께서 자기보다 높은 곳에서 산다면서 나보고 주지스님 하라고 하시면서, 그때부터 나만 보면 윗 절 주지스님 오셨다고 놀리기도 했다. "나무관세음 보살!"

나도 중학교 졸업 후에 부산의 모 고교에 응시했다가 실패를 보고 1년간 절에서 공부를 한 적이 있었다.

시골집에서 멀지도 않고, 나이 드신 여승께서 주지로 계시기도 했지만 어머니가 다니시는 절이라, 혼자서 밥을 해 먹으면서 재수를 하고 있었는데, 그해 여름에 부산서 교편을 잡으면서 야간 법대에 다닌다는 형님뻘 되는 고시생과 한방을 쓰게 된 적이 있었다.

방의 대각선 방향으로 앉은뱅이책상을 놓고 공부를 했는데 나는 한 시간도 못 버티고는 밖으로 나와서 돌아다니기가 일쑤였는데, 그

형은 식사 시간 외엔 꿈적도 하지 않는 것이었다.

우리는 불을 피워 밥을 해야 하기에 날렵한 내가 나무 위에 올라가서 가지를 꺾으면 그 형은 밑에서 줍곤 했다.

주로 식사 당번은 내가 맡기로 했고 반찬은 집에서 가끔씩 갖다 먹었는데 주로 버터에 왜 간장으로 비벼서 많이 먹었던 것 같다.

몇 달이 지나서 서울에 시험을 보러 가신다기에, 집까지 같이 왔더니 어머니가 장원급제하라고 암탉 한 마리를 잡으셨다.

– 세월이 흘러 대법관까지 지내시고….

자동차 생산 공장에 로켓포 발사(?) 사건

날아다니는 비행기를 운영하다 보면 크고 작은 사고가 발생하기 쉽다. 아무리 안전 관리에 신경을 쓴다고 해도 기계이다 보니 예기치 않은 사고가 늘 따른다. 그래서 사고 사례집이라고 해서 전 세계적으로 발생한 항공기 사고에 대한 데이터를 다 정리하고 있다가 해당되는 임무를 수행할 때는 관련 사고 사례를 꼭 브리핑 시에 포함시켜서 편대원 전원이 공유하고선 비행에 임하고 있다.

그래서 안전관리에 관한 한 공군만큼 세부적이고 철저하게 하는 곳도 없으리라 믿는다.

비행안전에 관한 시상금이 많은 이유도 그러한 안전관리에 대한 반대급부가 아닌가 한다. 안전에 대하여는 아무리 강조해도 지나침이 없다고 하는 것도 어쩌면 당연한 이유일 것이다.

전역한 지 20년이 지난 지금도 문단속을 철저히 하고 잔다. 경보장치가 되어 있긴 해도 일일이 각 문마다 잠겨 있는 지를 확인해야만 잠을 청할 수가 있는 것이다. 어떨 때는 자다가도 부엌쪽 문을 제대로 잠갔는지(?) 애매할 때는 꼭 확인을 해야만 잠이 온다.

그런데 할멈은 그렇지가 않아서 가끔 다툴 때가 있는데, 이런 것이 습관의 차이에서 오는가 보다.

비행단에 있을 때의 일이다.

공군 본부에서 연락이 오기를 오후 2시경 K 자동차 공장에 로켓포 포탄이 떨어져 약간의 손상을 입혔다는 뉴스가 보도되어, 확인해 보니 그 시간, 그 장소에 우리 비행단 소속 항공기가 그 지역 근처에서 임무를 했으니 확인하고 후속 조치를 하라는 것이었다.

지금 K 자동차 본사에서 야단이 났으니 더 이상 사건이 확대되기 전에 빨리 조치를 강구하라는 것이었다.

사건의 개요로 봐서 인명 사고가 없었던 게 큰 다행이었다.

비행단 자체 조사 결과 본부의 말이 사실로 확인되어, 현장으로 가서 피해 상황을 확인하고 보상 조치를 해주기로 했다.

나는 국방부에 연락하여 1년에 군에서 구매하는 K 자동차 현황을 파악한 후, 안전 관리 요원과 헌병 호위차량을 앞세워 공장으로 향하면서 그쪽 공장장에게 즉시 찾아뵙겠노라고 연락을 해 놨다.

만일 그쪽에서 사고에 대한 변상 문제로 시비라도 걸어오기라도 하면 국방부 쪽에 K 자동차의 구매숫자에 대한 고려를 재검토해 달라고도 마음먹고 있었다.

그리고 저녁 식사 대접이라도 해야 할 것을 대비하여 식사비도 준비해 가지고 갔다.

공장에 도착해서 친절하게 공장장실로 안내받아 들어갔더니, 반갑게 맞아 주시면서 공장 현황 브리핑까지 해 주시는 것이었다.

피해 상황을 파악하러 갔다가 환대(?)를 받으니 좀 어리둥절하기도 했지만. 공장장 말씀이 포탄이 떨어진 자리가 노동조합 사무실과 엔진공장 사이의 도로인지라 노조원들이 많이 놀라 항의가 심하고, 길에 세워둔 자동차 두 대의 지붕이 로켓 핀에 긁혔으며 엔진공장 유리창이 몇 장 깨진 것이 현재까지 피해 상황의 전부인데, 엔진 공장 내부의 정밀 장비에 대한 점검은 별도로 정밀검사를 해 봐야 알 수가 있다는 것이다.

나는 메모를 해 가면서 내가 해 줄 수 있는 사항을 하나하나 말씀드렸다.

– 우선 유리창 파손 건은 내일 당장 고쳐 드릴 것이며,

– 노조원들이 놀란 것은 민간 치료 시설보다 우수한 조종사 전용 군 병원에 입원시켜 정밀 검사를 한 후 치료하도록 하겠으며,

– 그다음 자동차 지붕 파손 건은 자동차 생산 공장이므로 새것으로 고쳐 주시면 배상하겠노라고 했더니만, 공장장께서 한동안 생각하시더니 그냥 자기들이 다 알아서 해결할 터이니 저녁이나 먹으러 가자신다.

– 듣고 보니 별로 해 주는 것도 없고, 보상받을 것도 없는 내용이었던 것이다.

그 대신 본부에 건의해서 앞으로는, 공장 주변의 전투기 비행경로를 멀찌감치 우회하도록 하겠다며 근본적인 재발방지 약속을 했더니만 굉장히 흡족해 했다.

돈 한 푼 안 들이고 소기의 목적을 달성하고 저녁까지 잘 얻어먹고 왔으니, 화끈한 협상으로 모처럼 칭찬을 받았다.

– 공장장님 감사합니다! –

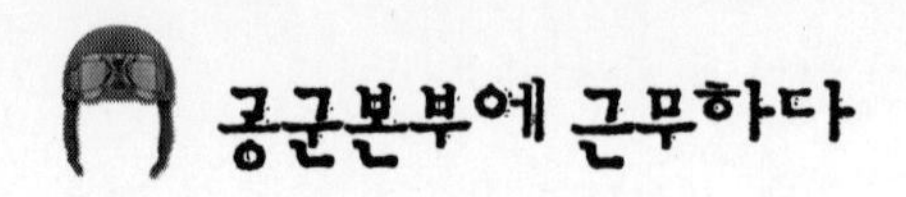

공군본부에 근무하다

지금의 계룡대에 육해공군 본부가 같은 위치에 있다.

군사도시답게 규모도 크고 많은 인원이 생활하는 곳이라 여러 가지 편의시설이 있어 불편함이 없도록 계획된 곳이다. 중학교까지 있어 애들과 같이 지낼 수 있어서 좋았다. 특히 육군대학 동기들도 많이 근무를 해서 여러 가지로 도움도 많이 받곤 했다. 아무래도 육군이 대군이니까 새로운 제도 도입이나 정책적 결정들이 빨랐다.

나는 전략기획 실장이라는 직책에 보임되었다. 이름 자체가 워낙 거창하여 내가 임무를 수행하기에는 좀 벅찬 감도 있어 뭔가를 더 배워야겠다고 판단하고 직무와 관련해서 단기 과정이나마 유학을 해 볼까 하고 여러 방면으로 검토하기 시작했다. 공군에서는 한 번도 전략방면으로 해외연수를 가본 적이 없어서 육군 쪽에 알아봤더니 여러 명의 장교들이 이미 몇 나라에서 교육 중에 있었다.

그중에서도 세계적으로 권위가 있다는 미국의 RAND 연구소에 겁도 없이 서류를 보내 봤다. 마침 그쪽에서 수학중인 장교와 통화를 했더니만 되던, 안 되던 한번 보내 보라는 것이다.

한참을 지나서 연락이 왔는데 단기연수는 받지 않는다고 연락이 와서 그쪽은 포기하고, 영국의 중부 지방에 있는 N. C 대학의 동아시아 연구센터로 가기로 하고 초청장을 보내 달라고 했다.

마침 그 대학에 동양인으로는 드물게, 영국에서 교수로 강의 하고 있는 분이 있어서 가능할 것 같기도 했다.

처음으로 전략과정 해외연수를 개설(?)해서 연수를 가게 되니 윗분들도 관심이 많아졌다.

출국을 앞두고서야 진행 중이던 업무가 겨우 마무리되어 윗분이 배석한 가운데, 참모총장께 재가를 받은 후, 출국인사를 드리기로 했는데 보고가 끝났는데도 아무 말이 없었다. 그렇다고 내가 먼저 다녀오겠다고 하기엔 윗분에 대한 결례인 것 같아서 옆구리를 살짝 찔렀더니 그 순간을 총장님이 보시고선 "뭔 일 있냐?" 고 물으신다.

그제서야 이 친구 내일 연수 간다고 말씀을 드리니까, 총장님께서

"니 영어 잘하냐?" 물으시기에 "잘 못합니다."고 대답하니

"영어도 못하는 놈이 무슨 연수를 가느냐!"고 핀잔을 주시기에

"밥 얻어먹을 줄은 압니다!" 하고 대답했더니 웃으시면서 "그래~ 밥만 얻어먹으면 죽지 않고 돌아오겠네!" 잘 갔다 오라고 하시는 것이다.

영국에 도착해서 어렵게(?) 동아시아 연구센터를 찾아 교수를 만났다. 주소만 있으면 찾는 나라인지라 첫날부터 영어를 사용할 일이 별

로 없었다. 방을 구할 때까지는 자기 집에서 지내자고 하고는 그날 저녁 식사 때에는 근처에 사는 한국 유학생 3명을 초청해 놓기 까지 했다. 그 자리에서도 순수한 코리언 랭귀지로 할 수밖에…. 아침은 교수 집에서 먹고 점심은 한국 학생들과 학교 식당에서 줄 서서 "미 투!"만 하면 되니까 영어 실력이 줄어드는 느낌이다.

그 친구들이 군 생활 특히 조종사 생활에 대해 궁금한 적이 많은지 만나기만 하면 붙잡고 놓지를 않는다. 한국 친구들만이라면 그나마 다행이게, 이젠 영국 친구까지 데리고 와서 얘기 좀 해달라는 통에 내가 뭐하려고 여기 왔던가 싶을 정도였다.

교수님 말씀도 연수라는 것이 혼자서 연구하는 것도 중요하지만, 많이 듣고 보는 것도 큰 도움이 된다는 것이다. 그러면서 연구실도 마련해 주고 도서관 이용권도 주시는데, 글쎄요?

주로 교수님이 교내에서 강의하는 것도 듣고, 외부에서 초빙 강연하는 곳도 많이 따라다녔는데 알 듯 모를 듯했지만 큰 도움이 된 것 같았다.

– 그 교수님은 나중에 국회의원도 지내는 등 요직에도 봉직했다.

그래도 여기까지 왔으니 영국이 자랑하는 세계적인 연구소인 IISS(국제 전략문제연구소)는 한번 가보기로 했다.

그곳에서 매년 발간되는 밀리터리 밸런스(Mitary Ballance)는 세계의 군사력에 대한 보고서로서 그 권위를 말해주듯 정확하다.

흔히 이건 비밀 아닌가 하는 것도 전부 수록되어 있다고 보면 된다. 북한의 군사력도 다 망라되어 있으며, 매년 9월에 발간되는 데 책값이 좀 비싼 편이다.

국회 도서열람 2위로, 다빈치 코드 다음이라고 한다.

그 나라는 뭐든지 겉으로 드러내지 않는 것 같다. 오랜 역사와 전통, 경험에서 오는 어떤 무게감 같은 걸 느낄 수 있는 것 같다.

한마디로 요란하지 않고 차분하다고 할까. 어딜 가도 여유가 있어 보였다. 어떤 곳은 고독할 것 같은 고요가 깔려 있기도….

세계적으로 권위 있는 연구소치고는 건물간판이 너무나 작았다.

택시기사가 여기라고 내려주기에 아무리 봐도 간판이 보이질 않는 것이다. 자세히 보아하니 손자 놈 필통만한 크기로 "I I S S"라고 현관문에 걸려 있었다.

– 우리네 같았으면 십 리 밖에서도 보이게 했으리.

그들의 깊이 있는 내면을 보는 것 같아 매우 감동적이었다.

영국의 교통 체계가 나에겐 좀 특이하게 느껴졌는데, 자동차 핸들이 우리완 반대쪽에 있는 것도 그렇지만, 모든 교차로엔 로터리가 있어 차들이 일단 로터리 안으로 진입하면 먼저 들어온 순서대로 돌면서 자기가 갈 길로 빠져나가는 라운드 어바웃(Round about) 시스템을 택하고 있는 것이다. 그러니 구태여 신호등에 의해 차가 이동할 필요가 없이 물 흐르듯 자연스럽게 이동하는 것이 매우 매끄럽게 보였다.

한번은 비 온 뒤에 시내를 걸어가는데, 차가 지나가면서 물이 옷에 약간 튀었는데 내 뒤에서 오시던 할머니가 종이에다 뭘 적는 것이다. 뭘 그렇게 적느냐니깐 저 차에서 물이 튀었으니 신고를 해서 벌금을 내게 해야 한다는 것이다. 나로선 이해가 안 되더라고.

그러한 것이 문화적인 차이라면 우린 너무나 먼 곳에 살고 있구나 싶었다.

주말에 심심도 해서 말로만 듣던 프리미어 리그 축구경기를 보러 갔었다. 좌석도 몇 개의 구분으로 되어 있는데 본인들의 사회적 신분을 고려하여 표를 구입한다는 데 노동자(working class) 신분인 사람들은 구석진 자리나 골대 쪽으로 자리를 잡는다는 것이다.

돈을 많이 벌면 그만큼 세금도 더 내기 때문에 세금을 많이 내는 사람에게 좋은 자리를 양보해야 한다는 것이다. 국민적인 공감대가 형성되어 있기에 좋은 대우를 받으려면 그만큼 돈을 많이 벌어야 한다는 결론이다. 돈만 많으면 모든 걸 누리고 사는 곳과는 엄청난 차이라고 본다.

내가 있던 그곳도 주차난이 심했다. 도시는 발달하여 인구는 늘어나는데 주차공간은 별로 넓히지 못한 것이다. 그래서 시의회에서는 도시의 공원 일부를 주차공간으로 활용하자며 100년 전부터 회의를 해 왔으나, 그때마다 한번 공원을 훼손하면 후세들에게 욕먹는다고 그대로 있다는 것이다!

이왕 외국 얘기가 나온 김에 중령 때 한국 청소년 연맹 주관으로 경찰과 군인 중에서 청소년들의 상무 정신을 고양시킨 공로(?)로 대만을 며칠 다녀온 적이 있었다.

대만 국방부 격의 초청이어서 인지 일반인들에겐 쉽게 허락이 되지 않는 금문도 견학도 할 수 있었다.

지금도 기억이 생생한 30년도 지난 그때의 기억은, 작지만 알찬 나라라는 느낌이었다.

전국의 이름난 명소에는 가장 좋은 위치에 우선적으로 청소년을 위한 유스호스텔이 있어 방학 때면 부모님과 순례도 하면서 나라 사랑을 어릴 때부터 체험하게 한다는 얘기를 들었다. 총통이 머물렀던 곳도 유스호스텔 내에 있다고 한다.

금문도에는 모든 시설이 지하 요새화 되어있었고, 거기서 근무하는 군인들은 계급장만 있고 명찰은 달지 않고 있었는데, 점심시간에 그 유명한 금문도 고량주가 반주로 나왔다.

원래 중국식 둥근 테이블엔 8명씩 앉게 되어있는데 한 명씩 건배를 하다 보니 반주로 그 독한 고량주를 8잔씩 마셨으니… 중국 사람들은 술 먹고 비틀거리면 그 사람과 두 번 다시는 술을 마시지 않는다는 것이다.

떠나오기 전날 저녁은 타이페이 방위사령관 주최로 만찬이 있었는데, 영광스럽게도 그 테이블에 앉게 되었는데, 사령관 말씀 중에 대만에서 가장 술이 쎄기로 소문난 장군 이야기를 하시는 것이다.

그분은 육 척 장신의 거구인데 최고로 많이 먹은 때가 맥주잔으로 고량주를 30잔까지 마시는 걸 보셨다는 것이었다. 물론 삼국지의 장비를 연상하긴 했지만 인간이 아니라고 느껴졌는데, 사령관 말씀으로는 그 장군은 술을 마시고 나면 곧바로 이마에 땀이 난다고 한다. 그러면 땀을 훔치고는 또 마시고 땀을 훔치고….

그러다가 땀이 안 나오면 그만 마신다는 것이다.

한국에서 술 좀 한다는 어떤 장군이 대작을 했다가 3일을 호텔에만 있다가 귀국했다는 일화가 있다는 것이다.

– 그런 분 만났으면 제명에 못 살 것은 불을 보듯 하다.

그 당시는 정권에 불만이 많은 인사들이 해외로 나가서 살았던 것 같았다. 저녁을 먹고 대만에서 유학 중인 후배들이 숙소로 찾아와서 군복 차림으로 맥주 집에 갔었는데 저쪽 구석 자리에 앉은 두서너 명이 자꾸 우리 쪽을 곱지 않은 시선으로 쳐다보는 것이었다.

분명히 한국 사람들인 것 같은데 우리가 들으라는 듯 큰소리로 군바리 어쩌고 해가면서 군인을 비하하는 말들을 쏟아내는 것이었다.

그때 같이 간 경찰의 총경이 참으라고 말렸지만 무례한 그들의 테이블로 가서 태권도와 권투 실력을 유감없이 발휘(?)했더니 혼비백산해 버리더라!

배짱도 없는 친구들이 외국에서까지 조국의 군인을 욕보이다니, 그것도 조국영공방위의 최선봉에 있는 오로지 자존심 하나만으로 살고 있는 전투 조종사 앞에서!

그 총경님 나만 보면 저녁을 사더라고, 자기를 대신해서 후련하게 해줬다나….

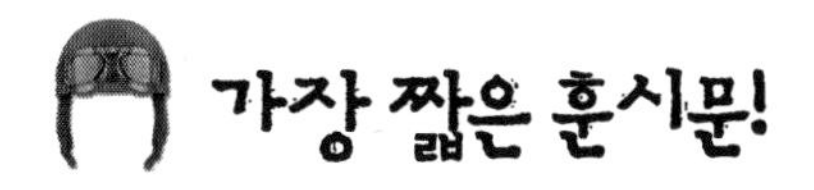

전역을 결심하고 비행단에서 마지막 근무를 하고 있을 때였다.

지금은 사회 복무 요원으로 명칭이 바뀌었지만, 병사들의 복무 기간이 36개월 할 시절에 18개월 또는 6개월만 복무하면 군복무경력으로 인정해 주던 단기사병 또는 단기병 제도가 있었는데 흔히들 방위병이라고 불리기도 했다.

대략 한 달 정도의 기초 군사훈련만 끝나면 각 부서에 배치되어 지원 업무를 담당하곤 했었다. 현역병과는 달리 집에서 출퇴근을 하고 일과 중에만 근무를 하기 때문인지 방위병 지원경쟁이 심했던 것 같고 조건도 까다로웠던 것으로 알고 있다.

일 년에 한두 차례씩 입소를 했었는데 한번은 부대장이 회의 참석차 상급 부대로 출장을 가시는 바람에 내가 임석 상관으로 수료식 때 훈시문을 낭독해야 했다.

하루 전에 부대 정훈 참모가 훈시문 초안을 가져와서 검토해 달랬다. 대충 읽어보니 통상적인 내용이었다. 지금의 군사적 상황이 어떻고, 어느 때보다도 여러분의 역할이 더욱 중요하고, 그동안 교관들을 비롯하여 여러분들이 훈련을 받느라 수고가 많았으며, 참석해 주신 가족 여러분에게도 감사를 드린다. 대충 그런 내용이다.

정훈 참모에게 전화를 해서 아주 잘 썼으니 가져가라고 일렀다.

다음날 창밖을 보니 바람이 불어 으스스하고 추워 보였다.

시작시간 5분 전에 차로 모시러 왔다. 도착하니 정면에는 수료생들이 질서 정연하게 서 있고 단상 좌우에는 부대 내의 지휘관 참모들과 한쪽에는 가족들이 대기하고 있었다.

국민의례가 끝나고 훈시문 낭독 시간이 되자, 정훈참모가 재빨리 어제의 완벽한(?) 훈시문을 단상 위에 가져다 놓는 것이다.

나는 보지도 않고 정면과 좌우를 보면서 다음과 같이 말했다.

"오늘 저 늠름한 수료생들을 축하해 주시기 위해 참석해 주신 가족 친지 여러분! 그리고 지휘관 참모 여러분! 우리 다 같이 큰 박수로 축하를 해줍시다! 이상!"

가족·친지들이 내 쪽을 향해서 박수를 보냈다.

차를 타고 행사장을 빠져나오려는데 나이가 좀 드신 분이 다가왔다. 창문을 열었더니만, 세상에서 가장 짧은 훈시였다나….

박수칠 때 떠나야 한다고 했던가!

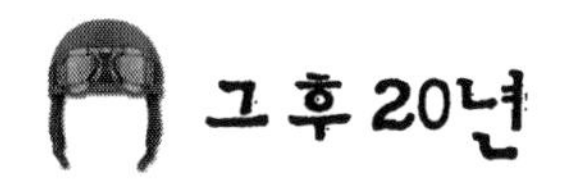

그 후 20년

올해는 포도 값이 폭락해서 농사를 망쳤다고들 한다.

집에서 가까운 곳에 포도생산으로 이름난 곳이 있어, 700평을 빌려, 봄부터 농부들에게 배워가면서 농사를 짓느라 한여름을 땀깨나 흘려야 했다. 해야 할 일이 어찌나 많은지 농사일 중에서 포도 농사가 제일로 힘들다는 사람이 많은데 경험 삼아 한번 해 보자고 맘먹고 달려들었다가 본전도 못 건지고 헐값에 넘겨 버렸다.

안 그래도 작은 실수만 있어도 트집을 잡는 줄리엣 할멈이 그냥 있을 리가 없지.

"누가 시키지도 않는 포도농사는 시작해서 힘들단 소린 왜 하느냐!"

그러니 대 놓고 불평도 못하고 혼자서만 낑낑대기 일쑤였다.

그럭저럭 밭떼기로 넘기고 나니 속이 후련하고 큰일을 한 것 같아 뿌듯했다. 사실은 할멈이 가을에 친구들과 여행을 간다기에 용돈이라도 좀 주려고 했는데, 하도 잔소리가 심해서 주지 말아야겠다고 마음을 바꿨다.

그동안 배우고 싶은 것도 실컷 해 봤다.

때로는 일부러 경험 삼아 해본 것이 많았다.

– 피아노, 색소폰, 동양화. 목공예. DIY….

– 학교 지킴이, 용달차운전, 에어컨영업, 배전반 제작공장일….

최근엔 하도 자세를 낮추어 살라고 해서, 최대한 자세를 낮게 해야 할 수 있는 청소일도 해봤다.

본인만 떳떳하면 되지, 무슨 일을 하는 것이 뭐 그렇게 중요하단 말인가! '또 다른 할만한 일이 뭐 없을까?' 궁리하고 있는데 마당에서 고함소리가 들려온다.

"영감탱이! 내려와서 잔디밭에 풀이나 좀 뽑으셔!"

안 내려갈 수가 없었다. 그동안 저질렀던 일이 어디 한두 번이래야 말이지. "이젠 쓸데없는 일 좀 그만하쇼, 제발!" 가까이서 보니 줄리엣 할멈도 흰머리가 더 많아진 것 같다.

"알~ 것이오. 나도 이제 조용히 살아야지~ 뭐!"

때마침, 우리들 머리 위로 두 대의 제공호가 다정하게 서쪽을 향해 고도를 상승하고 있었다. 집의 2층 옥상에 달아 놓은 태극기 위를 저만치 지나서 날아가 버린다.

어서 손을 흔들었다!

잠시 그때를 회상하면서….

"아, 그리운 하늘이여!" - 끝.

나를 기억하는 모든 분들에게 감사를 드립니다.

2014. 10 최 수 길

오늘도 묵묵히 우리의 땅, 바다, 하늘을 지키는 국군장병들에게

감사를 드립니다. 파이팅 !!!